포켓 스마트 북(11)

복숭아 울타리

글벗문학마을 편

도서출판 한글

포켓 스마트 북 (11)

복숭아 울타리

2024년 8월 10일 1판 1쇄 인쇄
2024년 8월 15일 1판 1쇄 발행
편   자 글벗문학마을
기   획 이상열
편집고문 김소엽 엄기원 이진호 김무정
편집위원 김홍성 이병희 최용학 최강일
발 행 인 심혁창
주   간 현의섭
교   열 송재덕
디 자 인 박성덕
인   쇄 김영배
관   리 정연웅
마 케 팅 정기영
펴 낸 곳 도서출판 한글
우편 04116
서울특별시 마포구 신촌로 270(아현동) 수창빌딩 903호
☎ 02-363-0301 / FAX 362-8635
E-mail : simsazang@daum.net
창   업 1980. 2. 20.
이전신고 제2018-000182
* 파본은 교환해 드립니다.
* 정가 7,000원
* 국민은행(019-25-0007-151 도서출판한글 심혁창)

ISBN 97889-7073-638-9-12810

책머리에

이 스마트 북 『울타리』는 정기 간행물이 아닌 휴대 간편한 포켓북입니다. 지금은 모두 '스마트 폰'에 빠져 책 읽는 사람 만나기가 쉽지 않습니다.

따라서 출판문화는 날로 위축되고 있습니다.

디지털 기기에 의존하면 기억력과 계산력이 떨어지는 디지털치매라는 말도 있고 블루라이트에 의한 시력 피해도 있답니다. 독서로 눈 보호도 고려해야 할 것입니다.

스마트 북은 공중파를 타고 휩쓰는 정보와 미담 가운데 지식에 유익하고, 실생활에 필요한 내용을 선택하여 종이에 기록하는 잡지 같은 단행본입니다.

스마트 북 울타리 발행 목적이 독서로 출판문화를 지키자는 데 있으므로 뒷골목에 샛별같이 마을을 밝히는 독서회를 찾아 특집으로 소개합니다.

전국 어느 독서회든 좋은 정보 주시면 울타리에 올려 독서의 즐거움을 함께 나누도록 하겠습니다.

「울타리」를 애독하고 보급해 주시는 멤버님들께 감사드립니다.

발행인 심혁창

한국출판문화 수호캠페인에 동의하시는 분께

한국출판문화수호 캠페인에
동의하시는 분을 환영합니다.

이메일이나 전화로 주소와 전화번호를
알려주시면 회원으로 모십니다.
메일:simsazang@daum.net

1권 신청, 정가 7,000원 입금
보급후원 : 10부 40,000원 입금
국민은행 019-25-0007-151
도서출판 한글 심혁창
전국 유명서점과 쿠팡에서 판매

04116
서울특별시 마포구 신촌로 270
수창빌딩 903호
전화 02-363-0301 팩스 02-362-8635
이메일
simsazang@daum.net
simsazang2@naver.com
010-6788-1382 심혁창

출판문화수호켐페인멤버

년　　월　　일

님께

드림

목차

3······ 책머리에/드리는 말씀

뒷골목 독서회
8······ 하늘기쁨 목회자 독서회 ▶ 김홍성
14······전철 속의 독서인

항일 운동사
15······안창호 비서실장 106세 구익균▶ 최용학

나라 사랑
18······인천 공항 건설 비화
24······초대 경제수석비서관 신동식 박사

감동스토리
31······급사에서 의사로 기업인으로
37······영혼이 더 소중한 애잔한 사랑

天燈 이진호 시인의 韓國文學碑 巡禮(8)
44······윤석중의 「새나라의 어린이」 노래 碑

대표시인 명시 (11)
48······눈물 / 김현승 ▶ 박종구

스마트 칼럼 (4)
51······미련하지 않은 고집 ▶ 강덕영

스마트 시
54······감자 불알 ▶ 박이도
55······사막에서 4 ▶ 김소엽
57······사랑은 ▶ 김상길
58······出嫁外人 ▶ 서경범
60······나무의 독백 ▶ 이상인
61······아내와 나 사이 ▶ 李生珍

수필
64······필리핀 기행 ▶ 최건차
70······여보게, 술이나 한 잔 하세 ▶ 이우일
77······할아버지 교수님이세요? ▶ 임충빈

스마트소설
82……미운 며느리 ▶ 이건숙

출판계 알레고리 소설 (4)
85……넷째 남자(4) ▶ 심혁창

6.25전쟁수난기
100……어머니 ▶ seok

명작 읽기
106……홀로코스트(11)

세계 명언 (2)
117……명언 순례 ▶ 김홍성

일반상식
121……유명한 인물들의 유언
124……다산의 하피첩(霞帔帖)
126……모나리자(Mona Lisa)탄생과 연유
133……외모로 판단하지 말라라(勿取以貌)
136……백낙청과 김지하

종교와 예술
141……종교와 예술 ▶ 이상열

독후감
148……조선 최고의 관원 오성과 한음 ▶ 최강일

흥미 코너
155……우주 비밀과 숫자의 신비

제언
161……나도 한 마디 ▶ 심광일 심혁창

외래어
162……많이 쓰이는 외래어 ▶ 이경택

탐방기
176……국내 최대 성경 박물관▶ 금반석
179……울타리문학 기행 / 시 ▶ 신인호

사자성어
181……서체로 본 성어 ▶ 이병희

192……울타리 보급 후원 멤버

하늘기쁨 목회자 독서회

김홍성

한국인의 독서 실태

　문화체육관광부가 최근 공개한 국민 독서실태 조사에서 한국인이 밝힌 책 안 읽는 이유로 '일(공부) 때문에 시간이 없다' 스마트 폰, 텔레비전 영화 게임 등 책이외 매체에 의해 독서 습관이 들지 않아서이다.

　이 조사에서 지난해 우리나라 성인의 종합독서 율은 43.0%를 기록했다. 전자책과 오디오북을 포함한 일반 도서를 1년에 1권도 읽지 않는 성인이 10명 중 6명이란 통계다. 1994년부터 격년으로 이 조사를 시작한 이래 2023년까지 최저치다.

학생의 종합독서 율은 95.8%로 성인보다 두 배 이상 높았으나 이들이 꼽은 주요 '독서 장애 요인'은 성인과 같았다. 살아가는 데 독서가 도움이 된다는 응답에는 조사 대상자 과반(성인 67.3%, 학생 77.4%)이 동의했지만 평소 습관이 안 돼 멀리하는 이들이 적지 않았다.

이들이 꼽은 독서의 3대 효능은 '마음의 성장·위로' '재미' '자기계발'이다. 희로애락으로 가득 찬 삶을 지지해주는 인생의 주요 자산 축적에 독서가 도움을 주는 셈이다. 해보면 참 좋은 독서, 선뜻 책장을 여는 비책이 있을까?

독서회에서 같이 읽으니 자연스럽게 동기부여가 되어 책을 가까이하게 된다. 이번 호에는 교회에서 하는 모범 독서회를 소개하고자 한다.

하늘기쁨교회 장석환 목사

하늘기쁨교회 장식환 목사는 교회를 개척하고 10년 되던 해 목회자 독서모임을 시작하였다. 독서 모임의 동기와 목적은 목회자의 평생교육은 독서가 가장 필요하고 중요하다고 생각해서였다.

뜻을 같이하는 목회자들이 일주일에 책 한 권씩 읽고 토론함으로써 사고가 넓어지고 깊어져 지적으로 성도를 섬기는 데 도움이 되게 한다는 데 목적을 두었다.

정기 활동

동기와 목적 : 하늘기쁨교회 장석환 목사가 교회를

개척하고 1주년이 되었을 무렵에 독서모임을 시작하였다. 목회자의 평생교육에 있어 독서가 가장 필요하고 중요하다고 생각하여 시작하였다. 일주일에 책 한 권씩 함께 읽고 토론함으로 사고가 넓어지고 깊어져 목회자로서 잘 준비되고 섬기는 것을 목적으로 한다.

교재내용 : 교재내용은 성경본문연구, 신학서적, 목회서적, 교회사 문학. 역사, 철학 등 인문학에 관한 모든 서적을 읽고 토론한다. 매주 읽는 교재는 장석환 목사가 선택하여 무료로 배부한다.

방　법 : 매주 책 한 권을 읽고 월요일 오전에 모여 약 2시간 정도 읽은 내용을 가지고 토론하게 된다.

신행자 : 매주 돌아가면서 맡아 먼저 전 c p제 교재

에 대한 평을 나누게 된다.

* 이어 각론에 들어가 교재의 내용과 자신의 의견을 피력한다.

● 독서교재가 분량이 많은 경우는 2-3번 나누어 읽기도 한다.

* 마치고 나면 함께 식사도 하고 건강증진을 위해 운동을 한다.

* 처음에는 탁구를 하다가 축구와 배구로 발전했다.

* 독서회원들의 애경사 때는 함께 참석, 슬픔과 기쁨을 나눈다.

안산본부 : 현재는 약 40여 명의 목사들이 매주 모이고 있다.

지 부 독서모임이 활성화되고 유익하다는 소문이 전국에 퍼져 의정부, 서울 3군데, 수원 두 군데, 광주 목포 예천 심지어 해외 선교 지역에까지 퍼져 10여 개 지역에서 모임을 갖고 있다.

향후 계획 : 장석환 목사가 목회하고 있는 한 독서모임은 계속될 것이며 그 이후 장기적인 계획까지 추진하고 있다.

김홍성

* 여의도순복음교회 22년 시무
* 기독교하나님의 성회 교단총무
* 현) 상록에벤에셀교회 담임목사

전철속 독서인

전철 2호선 안에서

지하철이든 버스든 타고 보면 모두 스마트폰에 집중하고 독서하는 사람 보기가 별 따기보다 힘들다.

오늘 출근길에 바로 내 앞에 확 띄는 독자가 나타났다.

키가 크고 엘레

강스한 미인이 책을 읽고 있었는데 책 제목이 눈길을 끌었다. 「생각이 너무 많은 어른들을 위한 심리학」이라는 제목이 긴 책이었다.

이렇게 보기 힘든 독자를 만났으니 사진이 찍고 싶었다. 그

래서 책 제목을 촬영하자 독자가 알아채고 얼굴을 가리고 책을 내밀었다. 보통 사람은 이럴 경우 화를 내는데 그렇지 않고 받아 주어 얼마나 고마웠는지……

누구시며 뭘 하시는 분인지 차마 물어 보진 못했지만 미소로 마음을 열어 주신 숙녀님께 감

사드린다. (내가 감사표시로 포켓 스마트 북 6집 개나리 울타리를 드림)

안창호 비서실장 106세 구익균

최 용 학

(2010년 8월 11일 / (서울=연합뉴스) 김연정 기자)

"내 길은 평생 하나였어. 3.1운동 때 11살이었지. 동네 어른들 따라 이 산 저산 돌아다니며 '대한독립 만세'를 불렀어. 일본군과 경찰이 거리에서 만세 부르면 나와서 잡아가고 그랬는데 나는 11살이라 잡아가지도 않더라고."

서울 종로구 낙원아파트에 사는 구익균 옹은 국내 최고령 독립유공자다(2013.4.8.106세로 작고)

1908년에 태어나 일제강점기에 젊은 시절을 보낸 구 옹은 11일 '일본에 나라를 빼앗긴 시절의 서러움'을 묻자 90여 년의 세월이 흐른 지금도 마치 어제 일인 양 당시의 기억을 또렷이 되살려냈다.

평안북도 용천에서 태어난 구 옹은 1928년 신의주

교보에서 독립운동을 하다 일본경찰에 체포되기도 했다. 풀려난 뒤 1929년 중국 상하이로 망명했고, 1932년까지 3년간 도산 안창호 선생의 비서실장을 지냈다.

구 옹은 1930년 도산의 지시로 독립 운동가들과 함께 대독립당 결성 준비에 참여했고, 1933년부터는 중국에서 독립운동을 할 후학을 양성하는데 힘썼다. 그러다가 1935년 상하이에서 일본 경찰에 '치안유지법 위반'으로 붙잡힌 그는 신의주로 압송돼 징역형을 선고받고 옥고를 치렀다.

구 옹은 '도산 선생을 어떻게 기억하느냐'는 물음에 평화통일을 주장하고 무력으로 싸워서 이기겠다는 생각을 하지 않는 분이었다. 소위 공산당이라고 해서 나쁜 것도 아니고 국민당도 마찬가지인데 두 세력이 함께 큰 힘을 내길 희망하셨다'고 떠올렸다.

구 옹의 좁은 방에는 안창호 선생 초상화가 걸려 있다. 그는 남의 아파트 방 한 칸에 세 들어 살면서도 방문을 열면 정면으로 보이는 벽에 커다란 초상화를 소중히 모셨다. 자신이 한때 모신 도산을 그리워하는 듯 초상화의 얼굴과 눈을 마주치곤 하던 구 옹은 "도산 선생의 뜻에 한 시도 어긋남 없이 살았다. 평생 거짓말을 하지 않았다"고 힘줘 말했다.

구 옹은 인터뷰 내내 양복을 입은 허리를 꼿꼿이 세

우고 지팡이를 손에 쥔 채 목소리에 힘을 주며 '한 길'을 강조했다.

"공자가 말하길 '오도(吾道)는 일이관지(一以貫之)라고 했어. 내 사상은 내 깊은 내 정치노선은 평생 하나로 쭉 갔어. 젊은 나이에 이해관계에 따라 왔다 갔다 한 사람이 많은데 출세하고 돈 벌겠다고 사상을, 정치를 가볍게 움직이지 않고 꾸준히 내 뜻대로 살아왔어. 왔다 갔다 하지 않았어."

열변을 토하던 구 옹은 기력이 쇠해진 듯 대화를 시작한 지 30분 만에 지쳐버렸고, 인터뷰가 끝날 무렵에는 소파에서 잠이 들어버렸다.

간병인은 '특별히 아픈 곳은 없는데 얼마 전부터 기력이 약해지셨다. 휠체어를 타고서 남대문시장도 가고 탑골공원 산책도 가지만 예전보다 쉽게 피로해지신다'고 했다. 구 옹은 정부로부터 매달 220만 원을 받지만, 월세 50만원에 간병비 100만 원이 매달 기본으로 빠져나가고 나머지로 생활비와 용돈을 쓰고 있다.

최용학

1937. 11. 28, 中國 上海 출생(父:조선군 특무대 마지막 장교 최대현), 1945년 上海 第6國民學校 1학년 中退, 上海인성학교 2학년 중퇴, 서울 협성초등학교 2학년중퇴, 서울 봉래초등학교 4년 중퇴, 서울 東北高等學校, 韓國外國語大學校, 延世大學校 敎育大學院, 마닐라 데라살 그레고리오 아라네타대학교 卒業(敎育學博士), 평택대학교대학원장역임, (현)韓民會 會長

인천 공항 건설 비화

20년 전 인천 영종도에 공항 만들면 활주로 가라앉는다고 선동했던 자들이 있었다.

대한민국 국민이면 누구나 해외에 나갔다가 입국할 때 어깨가 쫙 펴지는 순간이 있다. 바로 세계 최고의 공항으로 평가받고 있는 인천국제공항에 입국할 때다.

한국에 들어오는 외국인들까지도 우리 공항의 규모와 시설, 디자인과 편리성에 감탄한다. 대한민국 국격을 높여주는 우리의 자랑 중 하나이다.

이런 인천국제공항이 처음 세워질 때는 반대 세력들의 엄청난 공격을 받았다. 87년 6.29선언 이후 들어선 노태우 정부는 1989년 1월에 해외여행 자유화 조치를 발표한다. 덕분에 누구나 세계 어디든 자유롭게 여행할 수 있는 기회가 찾아온 것이다. 그때까지만 해도 우리나라에 국제공항은 김포공항과 김해공항이 전부였다.

당연히 두 개의 공항만으로는 여행 자유화 이후 늘어날 여행객들의 수요를 감당할 수 없을 것으로 전망됐다. 새로운 국제공항 건설이 필요해진 것이다.

1992년 6월 16일 정부는 드디어 '수도권 신공항 건설계획'을 발표한다. 그런데 이와 동시에 사업에 반대하는 여론이 들불처럼 일어났다. 그 선봉에는 자칭 환경단체와 대학교수들이 섰다. 녹색연합, 환경연합, 가톨릭환경연구소, 인천녹색연합 등과 일부 교수는 '영종도 신공항 문제 공동대책협의회'를 결성해 신공항 건설에 결사적으로 반대하기 시작했다.

당연히 노태우 정부에 무조건 반대하는 세력들이었다. '반대를 위한 반대'가 시작된 것이다. 당시 대책협의회 의장을 맡았던 서울대 김정욱 교수는 전체 공항 부지 중 82퍼센트가 갯벌을 매립해서 만든 공항이기 때문에 공사 완료 후에 지반이 침하하고 갯벌 퇴적층의 다양한 특성으로 인해 침하의 양상마저 예측하기 어려워 비행기가 이착륙하는 활주로에 심각한 결함이 발생할 것이라고 주장했다.

갯벌을 머릿속에 떠올리고 가만히 전문가라는 사람의 말을 무조건 믿고 따라가 보면 진짜 공항이 갯벌에 묻혀 버릴 것 같은 이미지가 연상되기도 한다. 이건 광우병 때도 그랬고 지금 대통령집무실 용산 이전과 관련해서 심각한 안보문제가 생긴다고 떠들어대는 것과도 닮은 구석이 있었다. 북한의 풍부한 자원, 남한의 우수한 기술이 합치면 세계에서 제일가는 부자나라가 된다며 금방이라도 통일이 될 것처럼 떠들었던 것들이, 북한 미사일을 미사일이라 부르지도 못하게 했던 것을 생각하면 소가 웃을 일이다.

인천국제공항 반대론자들은 갯벌 위험론에 이어 그 다음으로 등장한 것은 철새 위험론이었다. 권오혁 부경대 경제학부 교수는 '봄, 가을에 영종도 일대를 이동하는 철새가 30만 마리나 돼 항공 참사의 위험이 높다'고 주장하면서 영종도 국제공항 건설에 반대를 외쳤다.

인천국제공항이 밝힌 자료에 따르면, 2010년까지 총 21만여 회의 비행기 운항 중 새와 충돌한 사례는 7건이었다고 한다. 이를 1만회 비행 당 조류 충돌사고 건수로 따지면 0.333회로 미국의 2.47회, 일본의 11.7회보다 훨씬 적은 것으로 나타났다. 이는 활주로가 아닌 공항구역에서 일어난 게 40% 이상이었다고 한다. 한마디로 철새 때문에 사고가 날 일은 거의 없었다고 보는 게 정확할 것이다.

갯벌 위험론의 경우에도, 인천국제공항이 언론에 밝힌 데 따르면 향후 20년 동안 일어날 수 있는 지반 침하가 2.5cm 이내가 될 정도로 매우 안정적인 지반을 확보하고 있다고 한다.

2009년 12월까지 지반 침하 수준은 연 8.6mm에 불과한 것으로 나타났다고 한다. 한마디로 안정성에는 전혀 문제가 없다는 분석이다. 갯벌의 특수성 때문에 어디서 어떻게 지반침하가 일어날지 예측도 불가능하다고 했던 그 서울대 교수는 뭐라고 답변할까?

무엇보다 2022년 현재까지 우리 모두가 아무 문제 없이 공항을 이용하고 있는 것으로 봐서 활주로가 가라앉을 것이라는 주장은 여지없이 틀린 것으로 증명되고 있다.

당시 신창현 환경분쟁연구소장은 '교통부에서 발표한 환경 영향 평가서에 따르면, 공항건설 예정지 갯벌에는 많은 중금속이 쌓여 있고 이 중 납이 다른 중금속에 비해 100배 이상 많은 것으로 조사됐다'며 준설 과정에서 납이 떠올라 물결을 타고 확산될 경우 엄청난 생태계 파괴가 우려된다는 주장을 폈다.

나중에는 영종도 국제공항은 북한과의 거리가 짧아서 국가 안보에 위협이 될 것이라는 안보 위협론까지 등장했다. 그러다가 나중에는 '우리나라 같은 작은 나라의 공항이 동아시아 허브공항으로 발전할 가능성은 없다. 그렇게 많은 예산을 들여 공항을 짓는 것은 예산 낭비일 뿐이라는 주장도 나왔다. 20년이 지난 지금 돌이켜보면 어떤가.

광복 77년 일지

이와 같은 반대는 오히려 튼튼한 기초공사를 하라는 명령이 되었다. 정부 계획을 사사건건 반대한다고 미워할 것이 아니란 말이 된다. 반대를 한 것은 시행 중 오류와 날림공사를 못하게 한 강한 경고였다. 그 결과 우리나라에서 만든 모든 생산품이 야무지고 튼튼

하다고 세계적으로 인정하는 것은 매사를 잘하게 매질한 반대자들의 공이었다고 본다. 반대한다고 정부에서 시행할 사업이 중단되거나 취소된 사실도 없다.

정부 관계자는 매를 맞으며 더 야무지고 완벽하게 시행한 결과였다. 반대자가 지적하는 허점을 보완한 것이 공사 시행자들이었다. 그러니 반대만 미워할 것이 아니다. 반대자가 있으므로 견고하고 정밀한 공사를 시행한 것이 사실이기 때문이다.

그런 반대를 극복하고 이룬 광복 77년을 돌아보자.
* 일본의 속국에서 해방된 나라가 되었다.
* 왕정 국가에서 자유민주주의 국가가 되었다.
* 솜바지 버선 나라에서 신사 나라가 되었다.
* 짚신 나라에서 신발 수출 1위나라가 되었다.
* 초가집 나라에서 아파트 나라가 되었다.
* 호롱불 나라에서 원전 수출 나라가 되었다.
* 사랑방 글방 나라에서 세계 제일의 문맹자 없는 선진국이 되었다.
* UN 도움으로 나라를 지킨 나라에서 UN 사무총장을 배출한 나라가 되었다.
* 외화벌이 노동수출 나라가 노동수입국이 되었다.
* 숭늉 마시던 나라에서 커피 왕국이 되었다.
* 짐 보따리 나라에서 재벌 나라가 되었다.
* 가마 타던 나라가 자동차 천국 시대를 맞았다.

* 우마차길 나라에서 고속도로 천국이 되었다.
* 거북선 나라에서 선박수출 세계 제일의 나라가 되었다.
* 대장간 나라에서 제철 왕국이 되었다.
* 5일장 나라가 백화점, 대형 마켓 나라가 되었다.
* 비행기도 없던 나라에서 초음속 전투기를 생산하는 나라가 되었다.
* 활 쏘는 나라에서 전차, 대포, 전투기를 수출하는 무기 수출 세계 8위나라가 되었다.
* 달을 보고 계수나무 부르던 나라에서 달을 탐색하는 위성을 쏘아 올린 나라가 되었다.
* 판소리 나라에서 K-팝 수출의 나라가 되었다.
* 천막극장 나라에서 세계적인 영화배우와 K팝스타를 배출하는 나라가 되었다.
* 마라톤만 1등하던 나라가 태권도, 수영, 빙상, 골프, 양궁, 배드민턴, 탁구, 펜싱, 야구 등에서 1등하는 국가로 올림픽도 개최한 나라가 되었다.
* 국민소득 60불 나라에서 35,000불, 세계가 인정한 세계10위 경제선진국이 되었다.

이렇게까지 반대자들이 아우성친 공로는 만사 튼튼 안전제일의 나라가 되게 한 도움을 주었다.(편집자)

초대 경제수석비서관 신동식 박사

오늘 이야기 하고자 하는 신동식 박사는 6.25전쟁 때 부산으로 피란을 갔다고 합니다.

부산항에서 거대한 미국의 화물선을 보고 우리도 저런 배를 만들 수 있지 않을까 하는 막연한 생각으로 서울대 조선공학과에 입학하여 졸업했으나 취직 자리가 없어 전세계 유명한 이름을 가진 선박회사에 편지를 보냈습니다.

스웨덴 선박회사에서 연락이 와서 갔는데 도저히 견딜 수가 없어 영국으로 건너가 '로이드 선급협회 검사관'으로 취직이 되어 근무하던 중, 1961년 가을에 미국에 케네디 대통령을 만나러 와 있던 박정희 최고회의 의장에게 불려가게 되었습니다.

"임자! 조국의 조선 발전을 위해 나하고 함께 일 해 봅시다." 그러시면서 그냥 "바로 한국으로 갑시다."하는 것이었습니다.

이 말에 너무 당황하여 얼른 대답을 못하고, 영국 회사에서 해결할 일도 있고 하니 며칠만 말미를 달라 해서 영국으로 돌아왔습니다. 고민 끝에 조국의

지도자가 부르는데 안 갈 수도 없고 또 1인당 국민소득이 70달러밖에 안 되는 조국의 암담한 현실을 생각해서라도 내가 할 수 있는 일이 있다면 기꺼이 하겠다는 마음을 굳게 먹었습니다. 그래서 귀국 날짜를 청와대에 보고하니 도착한 날, 김포 비행장으로 대통령 비서실에서 차를 가지고 나와 있었습니다.

그 날로부터 청와대 초대 경제수석비관이 되어 경제개발 5개년계획을 기획하고 조선사업 발전 계획을 기안하는 등 눈코 뜰 새 없이 바쁜 시간을 보냈습니다.

박정희 대통령은 신동식 박사에게 부산에 있는 '대한조선공사'에 가서 조선사업을 할 수 있는지 알아보라고 해서 내려가 보니 배 한 척도 만들지 못하는 황무지가 되어 있었습니다.

거기서 제초작업만 실컷 하다가 그 일을 그만두고 거제도에 '옥포조선소'를 건립하자고 건의하여 지금의 옥포조선소를 탄생시켰습니다. 그 뒤에 정주영 회장이 울산에 현대조선소를 설립합니다. 그래서 지금 우리나라는 옥포 대우조선과 울산 현대조선이라는 쌍두마차를 끌게 된 것입니다.

박대통령께서는 원래는 이병철 회장과 정주영 회장에게 조선 사업을 해보라고 권했는데 겁을 먹고 못하다가 신동식 박사가 옥포조선소를 만드는 것을 보고 마음이 움직인 정주영 회장이 프로젝트 하나를 울산으로 가져가 현대조선소를 설립하였습니다.

신동식 박사는 지금도 현역입니다. 한국 해사기술협회장과 카본 코리아 회장으로 재직 중입니다.

1965년 10월 초, 미국 존슨 대통령이 3주 후에 방한한다며 한국에 선물을 하나 주고 싶은데 필요한 걸 요청하라는 연락이 왔습니다. 청와대에서는 박정희 대통령을 모시고 무엇을 요구할까를 토의하였는데, 한강에 '존슨 브릿지(교량)'를 세우자, 여의도에 '존슨 타워'를 세우자는 등 여러 의견이 나왔습니다.

이 때 신동식 경제수석 비서관이 박대통령에게 '기초과학연구소'를 세우자고 건의하였습니다. 다른 사람들은 과학자도 없는데 연구소를 지어서 어느 세월에 본전을 뽑느냐고 투덜거렸습니다.

신동식 박사는 박대통령에게 '백년이 걸려도 연구소를 지어야 합니다. 남의 나라에 돈도 빌려 보고 기술도 도입해 봤지만, 결국은 남의 심부름꾼밖에 못되었습니다. 우리가 우리 기술로 우리 것을 만들어 팔아야 잘살 수가 있습니다.'라고 설득하였습니다. 한참을 듣고 있던 박대통령은 신동식 박사의 손을 들어주었습니다.

그래서 존슨 대통령으로부터 원조금을 받아 지금 성북구 하월곡동에 '한국과학기술연구소(KIST)'를 설립한 것입니다. 아무려면 존슨 대통령이 자기를 기념해 달라고 선물을 준다고 했겠습니까? 신동식 박사는 이렇게 말합니다.

"베토벤이 불후의 명작 '운명의 교향곡'을 남길 수 있었던 것은 그를 후원한 귀족들, 악보를 멋지게 연주한 음악가들이 있었기 때문이었습니다. 우리가 오늘날 과학기술 강국이 되고 세계 10대 경제대국 반열에 올라선 것은 박정희라는 탁월한 혜안을 가진 지휘자가 있었기 때문입니다. 그리고 24시간 연구실에 불을 밝히고 있었던 과학자들이 작곡을 잘 했고 이병철과 정주영 같은 사업가들이 연주를 잘 해주었기 때문이었습니다."

70년대에 박정희 대통령은 매달 월간 경제동향보고회의를 주재하였습니다. 대통령이 직접 경제지표를 챙기니, 열심히 안 될 수가 없었다고 합니다. 과학자들이 작품을 만들어내면 교수평가단이 평가

하여 대통령 앞에서 강평을 하였습니다. 그 당시 가장 까다롭게 굴던 분이 남덕우 교수였다고 합니다. 나중에 박대통령께서 남덕우 교수를 재무부장관에 기용하고 임명장을 주면서 "남교수! 정부정책에 그토록 꼬장꼬장 따지더니, 한번 당해 봐라!"하면서 껄껄 웃었다고 합니다.

박대통령은 과학자들이 아무리 좋은 작품을 만들어내도 평가교수단에서 반드시 평가를 하도록 하였습니다. 1966년부터 1969년 KIST(한국과학연구소)가 설립되기까지 미국에서 활동하고 있던 한국인 과학자 30명을 조국의 기술 발전에 동참하자고 설득하여 1차로 귀국시켰습니다. 그 사람들은 미국에서 안전한 삶이 보장된 사람들이었습니다. 그러나 찢어지게 가난한 조국의 발전을 위해 기꺼이 응해주었다고 합니다. 그때 이태규 박사와 최형섭 박사가 발 벗고 나섰습니다.

물론 그 작업은 박정희 대통령이 지휘봉을 잡고 전폭적으로 지원해서 이루어졌다고 해도 과언이 아닙니다. 그 뒤에 다시 100명의 과학자들이 더 귀국하여 연구소에 활력을 불어 넣었고 가시적인 성과를 만들어 내기 시작했습니다.

지금 전 세계 바다에 떠 있는 30만 톤급 이상 배의 85%가 '메이드 인 코리아'라고 하면 믿어집니까? 그러나 이것은 사실입니다. 현대조선과 대우조선 그리고 삼성조선이 만들어낸 걸출한 작품들입니다.

최근에는 대만까지 무인운전 선박 시험 운행을 성공시켰습니다. 양철 조각 하나 만들지 못하던 나라가 불과 몇 십 년 만에 세계 최고의 조선(造船) 국가라는 자리에 우뚝 선 것입니다.

신동식 박사는 2003년도에 조선 건조량, 수주량 등 분야에서 세계 1등 국가가 되었을 때 국내외에서 받은 상장을 들고 가 동작동 박대통령 묘지 앞에 올려놓고 "대장님! 그리도 원하시던 미래의 조선기술이 세계 1위를 차지하였습니다."라는 보고를 올리며 눈물을 흘렸습니다.

577년 전 세종대왕이 한글 창제라는 위대한 업적을 남기셨다면, 50년 전에는 과학기술 혁명을 일으킨 박정희 대통령이 있었다는 사실을 우리는 기억해야 합니다. 그리고 K9자주포와 K2전차, T50항공기를 수출하는 방위산업 국가로 이름을 날리고 있는 것도 박정희 대통령이 닦아놓은 과학기술 혁명의 결정체들이라는 사실도 우리는 결코 잊지 말아야 할 것입니다.

그러나 더 중요한 것이 있습니다. 지금까지 열심히 쌓아온 대한민국의 위대한 업적을 더욱 고양, 발전시켜서 보란 듯이 G-2국가로 우뚝 올려놓는 과업입니다.

고지가 바로 저기인데 여기서 주저앉을 수는 없습니다.

「6.25전쟁 수난기」 제3집 원고 모집

6.25 수난기 1, 2집은 6.25를 직접 당한 분들의 기록이며 제3집은 6.25를 직접 당하지 않고 부모님이 들려주신 기록을 남기고자 기획한 것입니다. 지금 부모님은 안 계시지만 6.25전쟁에 모진 고생을 하며 뼈에 사무친 한을 풀지 못하고 자식들한테만 남기고 아픔을 품고 돌아가신 분이 많습니다. 자식으로 부모님의 한을 이런 기회에라도 풀어드리고 싶은 효심이 담긴 수난기를 모집합니다.

제목 : 「부모님의 한 맺힌 6.25」
내용 : 부님이 들려주신 6.25전쟁 실화
원고 : 60매 이내
원고 마감 : 10월 30일
원고 앞에 부모님 소개(부모님을 모시는 마음)
① 부모님 고향 :
② 부모님 생졸연대 : 19**년-19**년
③ 부모님 사진 : (있는 분만)
④ 부모님의 유훈 :
⑤ 기타 자랑스러운 학벌이나 수상기록
⑥ 원고 접수 : simsazang@daum.net
도서출판 한글 / 02-363-0301

급사에서 의사로 기업인으로

두유 베지밀의 탄생

소년은 황해도에서 보통학교만 졸업하고 서울로 왔다. 홀어머니 밑에서 가난하게 자란 그는 대중목욕탕 심부름꾼부터 모자가게 점원에 이르기까지 닥치는 대로 일을 했다.

그러다 우연히 의학강습소의 급사 자리를 얻게 됐다. 등사기를 밀어서 강습소 학생들이 볼 강의 교재를 만들어내야 했다.

"자연스레 교재를 들여다봤죠. 용어가 어려워 옥편을 뒤져가면서 독학을 하다 보니 '나도 한 번 해볼까'라는 생각이 들었어요. 당시에는 의대에 다니지 않아도 시험만으로도 의사 자격증을 딸 수 있었거든요."

주경야독으로 의사고시에 매달린 지 꼬박 2년, 그는 20세에 의사고시에 합격했다. 주변에선 국내 최연소의사라고 축하해줬다. 시험에 합격한 해인 1937년 서울 성모병원의 의사가 됐다.

병원 생활은 평탄했지만 수십 년 뒤 그의 인생을 바꿔놓는 사건이 생겼다. 뼈가 앙상하고 배만 볼록 솟아오른 갓난아기 환자가 병원에 온 것이었다.

"아이 엄마는 평안북도 신의주에서 아이를 업고 꼬박 하루 걸려 왔다고 했어요. 어렵게 얻은 아들이라며 '제발 살려 달라'고 애원했지요. 차트를 보니 병명이 '소화불량'이었는데, 아이는 끝내 세상을 떴습니다."

어떤 의사도 아이를 살릴 수 없었다. 이후에도 복부 팽만으로 병원을 찾은, 적지 않은 신생아들이 설사만 하다가 무력하게 죽어갔다. 의사가 된 청년은 자책과 의문에서 헤어나지 못했다. '원인 모를 병으로 죽어가는 이 아이들을 언젠가는 고쳐야겠다'고 다짐했다.

'그래, 이제는 유학을 가보자.'

당시 43세였던 그는 의사 초년병 시절에 접했던, 소화불량에 걸린 신생아들을 고칠 방법을 찾기 위해 의학 선진국으로 떠나겠다고 선언했다. 그는 이때가 가장 큰 선택의 기로에 놓였던 시기라고 회상했다.

주변에서는 반대했다. 그에게는 아내와 6남매가 있었고, 의사로서의 안정된 삶도 보장돼 있었다. 하지만 아이들을 살려내야겠다는, 의사로서의 사명감을 떨칠 수 없었다.

"영국 런던대에 공부하러 갔지만 뾰족한 수를 찾지 못했어요. 곧장 미국샌프란시스코의 UC메디컬센터로 건너가 미국에도 비슷한 증상이 있나 샅샅이 뒤져봤지요."

1964년, 그는 도서관에서 소아과 교재를 읽다가 무릎을 쳤다.

바로 '유당불내증(乳糖不耐症·lactose intolerance)'이 소개된 대목이었다. 20여 년간 지녀온 의문의 실마리가 풀리기 시작했다. 유당불내증은 우유나 모유의 유당을 분해하는 효소가 부족한 사람들에게 나타나는 증상이다. 이 증상을 가진 신생아는 모유나 우유를 소화하지 못해 영양실조로 죽고 만다. 우유 대용식을 만드는 게 급선무란 생각이 들었다.

그는 어린 시절 어머니가 끓여줬던 콩국을 떠올렸고, 그 길로 한국으로 돌아왔다. 이후 서울 명동에서 '정소아과'를 운영하며 아내와 함께 우유 대용식 개발에 매달렸다. 아내가 콩을 맷돌로 갈아 콩국을 만들면 그는 콩국의 영양이 충분한지 분석했다. 병원 지하에 실험용 흰 쥐를 잔뜩 갖다 놓고 콩국을 먹인 쥐에게 유당불내증이 나타나는지 등을 실험했다. 주변에선 "정소아과 원장이 미국에 다녀오더니 이상해졌다"고 수군댔다. 이렇게 3년 남짓 연구한 끝에 두유를 개발해 냈고 이것을 설사병에 걸린 신생아들에게 줬다. 병상의 아이들은 눈을 뜨면서 기력을 차렸다.

콩에는 필수영양소(단백질 40%, 탄수화물 35%, 지방 20%)가 들어 있지만 유당은 들어 있지 않다. 인생에서 최고로 기뻤던 순간이었다.

설사병을 앓는 아이의 부모들 사이에서는 '정소아과가 용하다'는 입소문이 났다. 전국 각지에서 그를 찾아왔다. 이번에는 또 다른 문제가 생겼다. 환자가 몰리자 두유 수요가 달렸다.

자연히 아픈 아이들에게 부족함 없이 두유를 주고 싶다는 생각이 커졌다. 결국 정재원은 1973년 '정식품'이란 회사를 세워 두유 대량 생산에 나섰다. 콩국이 식물성 우유라는 점에 착안해 식물(vegetable)과 우유(milk)의 영문명을 합쳐 '베지밀'이라는 이름을 지었다. 당시 56세였던 그는 다시 한 번 도전의 길에 접어들었다.

"개인 병원만 운영하다 기업을 이끄는 것은 차원이 다른 일이었지요. 하지만 신생아들을 살리려면 창업 말고는 다른 길이 없었어요."

그가 사명감을 갖고 만든 베지밀은 지금도 두유업계 부동의 1위를 달리고 있다. 창업후부터 올해(5월말 기준)까지 만들어진 두유는 총 130억 개다. 이를 나란히 세우면 서울~부산을 1630차례 오갈 수 있다.

'인류 건강을 위해 이 한 몸 바치고자'를 정식품의 창업이념으로 정한 그는 "사회적 역할에 대한 충분한 고민과 성찰이 있어야 기업이 무한 경쟁의 시대에서 진정한 성장을 할 수 있다"고 강조했다.

이것은 정재원 정식품 명예회장의 이야기다. 그는 생존해 있는 한국 재계의 창업주 중 최고령이다. 우리 나이로 99세인 그는 올 1월 '백수연(白壽宴)'을 치렀다.

백수연을 한자로 쓸 때는 '일백 백(百)'에서 '한 일 (一)'을 뺀 '흰 백(白)자'를 쓴다. 100세보다 한 살이 적은 99세 생일을 기념하는 자리다. 정재원 정식품 명예회장은 아내인 고(故) 김금엽 여사와 사이가 각별했다.

그는 서울 성모병원에서 의사생활을 하던 시절 아내를 만났다. 고아였던 아내는 수녀원에서 자랐고, 성인이 된 뒤 가톨릭 계열인 성모병원 간호사로 일하고 있었다. 그에게는 내로라하는 집안에서 중매가 여러 건 들어왔지만 그는 모두 거절했다. '박꽃처럼 예뻤던' 아내 때문이었다. 공부하는 여성이 드물 때였지만, 그는 아내에게 유학을 권했다.

아내가 일본에서 간호학을 공부하고 돌아온 해인 1942년 두 사람은 부부가 됐다. 정 명예회장은 "선 봐서 결혼했더라면 처갓집 눈치가 보여 40대에 유학도, 50대에 창업도 선뜻 하지 못했을 것"이라고 말했다.

그와 함께 두유를 개발한 아내는 정식품의 '각자대표(1973~1987년)를 맡아 사업에서도 든든한 지원군이 되어 줬다. 그런 아내는 2004년 81세의 나이로 세상을 떴다.

정 명예회장은 아내의 장례식장에서 턱시도를 차려
입고 조문객을 맞이했다. 그의 턱시도는 황해도 고향
에서 올린 결혼식 때 입었던 예복이었다. 부부는 반세
기 넘게 '결혼의 징표'인 턱시도와 면사포를 간직했다.

턱시도를 입은 정명예회장은 아내의 관(棺) 속에 흰
색 면사포를 넣어줬다. 백발의 노신사는 아내에게 예
(禮)를 다해 그렇게 작별 인사를 했다. 감동의 실화다.

(july5 2024 pm 9:50 wellbeing remak//님의 글이 매우
감동적이라 실었습니다. 집필자님께 양해를 구합니다. 발행인)

영혼이 더 소중한 애잔한 사랑

나는 농과대학을 졸업한 후 귀농하여 농사를 지으며 살아가고 있었다.

주위에선 나를 준수한 외모에 시원시원한 성격, 섬세한 배려까지 어느 하나 나무랄 데 없는 멋진 젊은이라는 호평을 하고 있었다.

하지만 농촌을 좋아하는 여자가 없어서 나는 결혼을 못하고 있었다. 나는 어느 날부터 컴퓨터를 장만하고 인터넷을 하면서 도시에 사는 젊은 사람들과 교류하다 어느 여자와 E-Mail을 주고받게 되었다.

나는 '바다'라는 닉네임(nicknae)을 가졌고, 그 여자는 '초록물고기'였다. 내가 느끼기에 여자는 박학다식하면서도 검소하고 아름다운 마음씨를 가지고 있어 보였으며 농촌에 대해서도 많은 이해를 하고 있어 보였다. 여자와 주고받는 이메일의 횟수가 많아질수록 나의 가슴 속에는 여자를 향한 분홍빛으로 사랑이 싹틈을 느낄 수 있었다.

E-Mail을 주고받은 지 3년이 가까워지고 EMail도 1,000여 통을 주고받으면서 우리 두 사람이 무척 가까워졌을 때 나는 나의 뜨거운 마음을 담아 메일로 프

러포즈를 보냈다. 그러나 내가 그녀에게 가까워지고자 할수록 여자는 점점 움츠려들며 멀어져 가는 것을 느낄 수 있었다. 마치 눈덩어리에 입김을 불어 넣어 따뜻한 온기를 넣어주고 싶어 하지만 그 온기에 눈물로 녹아지는 눈덩이처럼 여자는 자꾸만 작아지는 것이었다.

내가 사랑을 고백하기 전에는 하루에 열 통씩 오가던 메일이 사랑을 고백하고 나서부터는 일주일을 기다려야 답장이 오곤 했다. 그마저도 답장은 한 두 줄의 짧은 답이었다.

나는 절망을 하지 않을 수 없었다. 그리고 그토록 믿어왔던, 또 믿고 싶었던 늦게 찾아온 사랑에 더욱더 절망을 하게 되었다. 여자들은 모두 농촌이 싫은가 보다. 농촌생활에 대해 긍정적으로 하는 이야기이고 이상(理想)일 뿐이야!

나처럼 힘들고 열악한 환경에서 농촌을 지키고자 하는 내가 바보지! 누가 봐도 이건 바보짓이야!

나는 도무지 일이 손에 잡히지 않았다. 그 여성분의 닉네임(nickname)이 초록물고기란 것밖엔 얼굴도 모르는 이름도 모르는 어디에 살고 있는지도 모르는 그런 여자에게 이렇게 빠져 버릴 줄은 나 자신 꿈에도 생각지 못했다.

그 무엇에도 두렵지 않던 내 자신이 이제는 초록물고기가 사라질까 두려워지는 지경까지 이르게 되었다.

한 달째 내가 보낸 이메일 수신 확인이 안 되었다. 의도적으로 나를 피하는지? 아니면 무슨 일이 생겼는지? 도저히 알 수가 없었다.

나는 다시 절실하게 여자에게 E-Mail을 보내지 않을 수 없었다.

초록물고기님!

너무나 절실해서 가슴으로 울어 보지 않은 사람은 모릅니다. 남들은 쉽게 잠이 드는 밤에 술과 수면제 등 약 기운을 빌려서 잠이 들어보지 않은 사람은 모릅니다. 제가 평상시 정신으로 잠을 잘 수 없을 만큼 복잡한 이유를.

비오는 밤 사람이 그리워서 여기저기 수첩을 뒤적여도 맘 편하게 전화할 사람이 없어서 전화기를 들지 못할 정도로 서글퍼 보지 않은 사람은 모릅니다. 사람이 느끼는 소외감 같은.

기댈 사람이 없어 누구에게 의지하고 싶어 하는 마음을 쓸데없는 깊은 생각에 질식되어 죽을 것 같은 마지막 남은 자존심을 지키고자 가슴으로 울어보지 못한 사람은 모릅니다.

그 사람의 외로움이 얼마나 깊은지 사랑하는 이가 그리워도 보지 못하는 아픔을 견뎌보지 못한 사람은 모릅니다. 그 사람이 얼마나 고통스러워하는지. 그 속이 타서 얼마나 쓰린지.

당신을 그리워하는 바다 드림.

한 달 후 쯤, 그토록 애타게 기다리던 초록물고기 한테서 E-Mail 회신이 왔습니다.

바다님! 내가 당신을 사랑해도 될까? 하고 많은 시간을 두고 고민을 했습니다. 왜냐하면 저는 어릴 적부터 한쪽 다리가 불편한 소아마비를 앓고 있답니다. 그리고 또한 얼굴도 어릴 때 입은 화상으로 흉터가 많이 져 있답니다. 그래서 직장생활은커녕 집안에서 어두운 커튼으로 햇살을 가리고 혼자서 살아가고 있습니다.

저는 가진 것도 없습니다. 더구나 몸마저 이래서 누구하나 쳐다보지 않습니다. 그동안 사이버(cyber)를 통해서 많은 사람들을 사랑하고 사랑을 주고 싶었지만 다들 저를 만나 본 후에는 모든 남성들은 그만 돌아섰습니다. 그 이후엔 사람을 만나는 일이 두려웠고 저에게 호감을 주는 남자가 있다면 제가 먼저 돌아서곤 했습니다.

사랑하기도 전에 버림을 받는 제 자신이 너무 가여

위 보여서입니다. 바다님으로부터 프러포즈 메일을 받은 순간 엄청 기쁘고 설레었으나 바다님에 대한 좋은 감정을 가지고 있는 저가 다시 아픔을 줄 수가 없어서 바다님에게 선뜩 다가갈 수가 없었답니다. 이런 저를 사랑할 수 있다고 바다님은 자신을 하시겠습니까?

초록물고기 드림.

나는 눈앞이 캄캄하고 아득해졌다. 기다리고 기다리던 사랑하는 여자의 소식이었건만 여자의 결점을 알고 난 후 너무나 큰 혼란이 왔다. 부모님의 실망하시는 모습을 떠올리자 나는 엄청 너무도 괴로웠다.

육체보다는 영혼이 중요하다고 자부하던 자신이었기에 더욱 고통스러울 뿐만 아니라 자신에게 한없이 부끄러웠다. 내 자신이 위선자가 되는 것이고 남의 일에는 정신을 중요시하면서 자신의 일은 껍데기를 더욱 중요시하는 것이었다. 몇 날 며칠을 고민하던 나는, 여자에게 다시 E-Mail을 보냈다.

초록물고기님! 사랑하는 당신에게 사랑한다는 말을 해야겠습니다. 사랑하는 나의 단 한 사람, 초록물고기님 당신에 대해서 고민에 또 고민을 많이 했습니다. 하지만 당신에게는 건강한 몸을 가진 내가 또한 저에게는 아름다운 영혼을 가진 당신이 필요하다는 것을 알았습니다. 당신이 말한 당신의 결점은 오히려 나에겐 기쁨이 된다는 것도 깨달았습니다.

바위틈에 조용히 피어나 눈길 한번 받지 못하는 제비꽃처럼 저만 당신을 사랑할 수 있는 자격이 주어지는 것이기 때문입니다.

초록물고기가 바다의 품에서 맘대로 헤엄치는 날 나는 비로소 내 스스로 당신을 사랑할 자격이 있다고 말씀드리겠습니다.

초록물고기가 넓은 바다에서 자유로이 헤엄칠 자유를 드리겠습니다.

초록물고기를 사랑하는 바다드림.

며칠 후 우리 두 사람은 서로 만나기로 약속을 하였다. 나는 여자의 불편한 몸이 다소 걱정되어 내가 서울로 올라가겠다고 하였지만 내가 사는 농촌을 보고 싶어 하는 여자의 간곡한 요구로 우리 마을에 지금은 폐교가 된 초등학교 교정에서 만나기로 약속하였다.

여자는 자신의 전화번호도 알려주지 않고 약속한 5월 10일 학교 교정에 있는 큰 느티나무 밑에서 만나기로 약속을 했다.

그리고 드디어 5월 10일,

나는 혹 약속 장소를 못 찾아 헤맬까 봐 한 시간이나 먼저 나가서 그녀를 기다렸다. 여자는 나의 애간장을 다 태우고 30분이나 늦게 도착했다.

저 멀리 교문에서부터 훤칠한 키에 날씬한 여자가 머리엔 노란 스카프로 얼굴을 가린 채 뚜벅거리며 나에게로 점점 크게 다가왔다.

"실례합니다. 초록물고기님이신가요?"

"그럼, 바다님 맞나요?"

여자는 부끄러운 듯이 살며시 고개를 숙이더니

"이제 저를 보여 드리겠어요."하더니 여자는 색안경을 벗고 스카프를 벗어서 나뭇가지에 걸었다.

그 순간 나는 눈이 휘둥그레지고 얼굴이 화끈거렸다. 여자는 얼굴에 흉터 하나 없는 우윳빛 얼굴에 이목구비가 또렷한 굉장한 미인이었다.

그리고 여자는 소아마비는커녕 나무 밑 벤치에 앉더니 환한 미소를 지으며

"사랑하는 바다님, 놀라셨나요? 사실은 처음부터 속이려던 것은 아닙니다. 다만, 내 영혼을 사랑하는 사람을 만나고 싶을 뿐이었답니다. 이제 저는 당신의 바다에서 제가 헤엄쳐도 되겠습니까?"

윤석중의 「새나라의 어린이」 노래 碑

石童 윤석중(1911.5.26 ~2003.12.9)

윤석중(兒童文學家 文學博士)

새나라의 어린이는
일찍 일어납니다.
잠꾸러기 없는 나라
우리나라 좋은 나라

새나라의 어린이는
서로서로 돕습니다.
욕심쟁이 없는 나라
우리나라 좋은 나라

새나라의 어린이는
몸이 튼튼합니다
무럭무럭 크는 나라
우리나라 좋은 나라

(서울 능동 어린이대공원 놀이동산 입구에 세워진 '새나라의 어린이'노래비)

서울 능동 어린이대공원 놀이동산 입구에 윤석중의
'새나라의 어린이' 노래비가 '반달 노래비와 나란히 서
있다. 이 노래비는 처음에 덕수궁에 세워졌던 것을 이
곳에 옮겨 세웠다.

둥근 대리석의 기둥대석에 직사각형의 대리석에 노래를 새겨 붙여서 5각형의 모양 위에 큰 공 같은 대리석을 올려놓았다. 제자가 새겨진 아랫면에 '8.15 해방과 더불어 퍼진 이 동요를 어린이와 대한금융단 아빠들의 도움으로 노래비를 세운다.'는 건립 취지문이 음각되어 있다. 그는 양정고보('30) 일본상지대 신문학과('39.2.~'44.6)를 졸업 후 조선일보 편집고문, 공보부 방송자문위원, 보사부 아동복지위원장, 서울문화위원, 문협아동분과위원장('49) 문협이사, 방송용어 심의위원장('75), 방송윤리위원장('77), 예술원 회원('78), 방송위원장('81) 등을 역임했다.

어린 시절부터 '꽃밭' '기쁨사' 등의 모임을 만들어 등사판으로 '꽃밭'(24) '굴렁쇠'('24) '어린이' 소년'주간 등을 맡았다. 한편 그는 '새싹회'('53)를 창립하고 소파상('56) 장한 어머니상('61) 해송동화상('66) 등을 제정하여 수여하였다.

동극 '올빼미의 눈'(동아일보 '25.5.9)이 신춘문예에 가작 입선 동요 '오뚜기'(어린이 '25.4)입선으로 등단하였다. 초기엔 8.5조 6.5조 또는 4.4조 등의 동요를 시도하여 새로운 형태의 동요개발에 공헌하였다. 주로 반복과 대구에 의한 규칙적 율동과 대조 등 표현상의 기교를 구사하여 다양한 소재로 50년도를 전후하여 낙

천적 동심주의 일변도로 동시세계에 교훈적 요소를 가미한 작품세계를 구축하였다. 60년대 후반부터 종래의 동시세계에서 탈피하여 아동의 현실을 직시하려는 의도를 보였다.

아동문학가. 호는 석동(石童). 서울 중구 수표동서 출생. 양정고보를 거쳐 1942년 일본 조오치(上智) 대학 신문학과 졸업. 1924년 최초 동요 '봄이 「신소년」에 게재, 데뷔. 1933년 방정환이 창간한 잡지 「어린이」 주간 이후 「소년중앙」, 「소년」, 「유년」, 「소학생」, 등 주간 역임. 1945년 「어린이신문」 창간, 조선아동문화협회 창립, 1956년 '새싹회' 조직 이후 '소파상', '새싹문학상' 등 제정. 1969년 '장한 어머니상' 제정. 1974년 국제펜클럽 한국본부 고문. '어린이날 노래' '졸업식 노래' 등 동시 1천여 편 창작. 예술원 원로회원. 소파상(1957), 3·1문화상(1961), 고마우신 선생님상(1965), 문화훈장(1966), 외솔상(1973), 막사이사이 문학상(1978), 대한민국문학상(1982), 세종문화상(1983), 대한민국예술원상(1989), 인촌상(1992) 등을 수상했다.

그는 평생을 동요 짓기와 글짓기에 바쳐 대표작 '어린이날 노래' '졸업식 노래' '낮에 나온 반달' '퐁당퐁당' '기찻길 옆 오막살이' '새나라의 어린이' 저서로는 「석중동요집」(신구서림 '32), 「잃어버린 댕기」(계수나무회 '33),

「윤석중동요선」(박문서관'39), 「어깨동무」(대일본인쇄 '40), 「초생달」(박문출판사 '46), 「굴렁쇠」(수선사 '48), 「아침까치」(산아방 '50), 「노래동산」(학문사 '56), 「윤석중동요집」(민중서관 '63), 「꽃길」(배영사 '68), 「어린이와 한 평생」(회고록 범양사 '85)등 다수가 있다.

(시인. 天燈文學會長)

이진호

* 兒童文學家 文學博士/충청일보 신춘문예 데뷔('65),
* 제11회 한국아동문학작가상('89), 제5회 세계계관시인 대상, 제3회 한국교육자대상, 제2회 표암문학 대상, 제1회 국제문학시인 대상
* 시집:「꽃 잔치」외 5권,
* 동화집:「선생님 그럼 싸요?」외 5권,
* 작사 작곡 411곡 집필
* 새마을 노래:'좋아졌네 좋아졌어' 외

눈물

김현승

더러는
옥토에 떨어지는 작은 생명이고저…

흠도 티도,
금가지 않은
나의 전체는 오직 이 뿐!

더욱 값진 것으로
드리라 하올 제,
나의 가장 나중 지니인 것도 오직 이뿐!
아름다운 나무의 꽃이 시듦을 보시고
열매를 맺게 하신 당신은,

나의 웃음을 만드신 후에
새로이 나의 눈물을 지어주시다.

시인의 눈물은 씨앗이다. 생명이다. 가장 값진 것이

다. 빛나는 열매다. 그것은 웃음 다음에 받은 축복이요 은총이다.

시인의 눈물은 새벽을 기다리는 호흡이었다. 일제 강점기 민족의 새벽을 기다리는 그 맥박은 깨어 있어야 했다. 그는 일제의 신사참배를 거부하므로 옥고를 치렀다. 또한 일제 말기 그들의 회유를 받아들이지 않고 스스로 절필하여 10여 년을 침묵했다.

시인의 눈물은 가을의 쓸쓸함이었다. 무성했던 계절을 벗고 나서 비로소 참 자아에 다다르는 '가을의 기도'다. 그래서 그의 가을은 절대자를 찾는 겸허함으로 무릎 꿇는다.

시인의 눈물은 겨울의 견고함이다. 모든 사물이 얼어붙은, 그 인간의 끈들을 놓아 버린 '견고한 고독'의 시간에 비로소 절대자를 만난다.

시인의 눈물은 한밤에 절정을 이룬다. 모든 인간의 의지가 잠들어 버린, 그 무력의 시간에, 그 무형의 공간에서, 비로소 신과의 대화가 비롯된다. 아니 대화마저도 스스로 어쩔 수 없는 그 '절대 고독'의 승화점에서, 시인은 구원을 받는다.

나는 이제야 내가 생각하던/영원의 먼 끝을 만지게 되었다.
// 그 끝에서 나는 눈을 비비고/비로소 나의 오랜 잠을 깬다.

그가 '절대 고독'에서 다다른 지점은 '마지막 지상'을 떠나는 그 완성에 있다.

산까마귀 / 긴 울음을 남기고 / 지평선을 넘어갔다. // 사방은 고요
하다! / 오늘 하루 아무 일도 일어나지 않았다. / 넋이여, 그 나라의 무
덤은 평안한가.

다형(茶兄) 김현승(金顯承)은 목사의 아들로 태어났다.
기독교 세계관의 그의 시정신은 높은 예술성으로 신앙
시의 새로운 경지를 보여주었다. 성경적 원죄의식과,
나약한 인간의 본질적 추구는 그리스도 안에서 복락원
을 이루는 영혼의 깊은 탐험으로 우리를 이끈다.

박종구

* 경향신문 동화, 「현대시학」 시 등단
* 시집 「그는」 외
* 칼럼집 「우리는 무엇을 보는가」
* 한국기독교문화예술대상, 한국목양문학대상
* 한국크리스천문학가협회 회장 역임
* 「월간목회」 발행인

미련하지 않은 고집

강 덕 영

'미련한 사람은 고집이 세다'는 옛말이 있다. 자신의 생각보다 더 좋은 의견을 들었을 때, 기꺼이 타인의 의견을 받아들여 자신의 것으로 만드는 능력이 결여된 사람을 가리키는 말이다.

사고의 전환은 깊은 지식이 바탕이 되어야 가능한 경우도 많다. 지식이 적으면 사고의 유연성도 부족해 남의 것을 쉽게 받아들이지 못한다. 그래서 미련한 사람이 고집이 세다는 말이 생긴 모양이다.

서로 수준이 비슷하면 대화가 쉽다. 한 마디 했을 뿐인데 결론까지 서로 통하니 대화가 매우 쉬워진다. 그러나 개인적 욕심이 있는 사람과는 대화가 매우 힘들다. 소통은 생각의 방향과 목적이 같은 사람끼리 훨씬 수월하게 이루어진다.

개인이 가지고 있는 정체성이 매우 중요하다. 우리는 이것을 가치관이라고도 한다. 가치관은 과거의 자신의 기억과 지식에 근거한다. 인류가 최초에 불을 발견하고 접근했다가 불이 뜨겁다는 것을 알고 다시는 불을 만지지 않게 된 것은, 경험을 통해 지식이 전달된 예라고 할 수 있다.

개인이 아닌 국가가 지닌 기억을 우리는 역사라고 한다. 이스라엘에는 민족 고유의 기억이 있다. 애굽에서 종노릇하던 때 하나님이 홍해 바다를 건너서 구원해주신 은혜가 그것이다. 또한 광야에서 헤맬 때 구름기둥과 불기둥으로 인도해 주시고 만나와 메추라기를 공급해 주시며 먹을 물을 주시고 젖과 꿀이 흐르는 가나안 땅을 주신 은혜도 있다.

성경은 이것을 기억해 내어 하나님의 말씀에 순종하고 하나님만 섬기라는 것을 요구하신다. 이를 지키면 큰 복을 주시고 약속을 어기면 큰 벌을 주시겠다는 것이 구약의 핵심 내용이다.

개인 신앙도 마찬가지다. 하나님의 보호와 도우심을 받고 큰 어려움을 이겨낸 사람은 신앙을 지키기 쉽다. 이것을 하나님의 연단이라고 하며, 세상에는 이 연단을 이겨낸 승리의 신앙인이 많다. 역경과 고난, 신체적 불구, 잦은 병치레, 경제적 위기 등 모든 것은 하나님이 그의 자녀로서 훈련시키는 것이다. 마치 이스라엘을 훈련시키신 방법과 비슷하다.

이 방법으로 시련을 통해 하나님을 바로 알게 된 분이 있다. 이분은 자신의 두 아들을 공산당에게 내어주고, 아들을 살해한 자를 오히려 자신의 양아들로 삼았다. 또한 자신도 한센병 환자들을 평생 돌봤고, 6.25 한국전쟁 중에도 그들을 버리지 못해 자신의 목숨도 공산당으로부터 순교당했다. '사랑의 원자탄'이라 일컬어지는 손양원 목사님이다.

손양원 목사님은 하나님의 가르침을 확실히 자신의 정체성으로 만들고 그것을 실천한 분이다. 성경대로 믿고 따른 우직한 신앙의 실천가다. 미련해서 고집이 센 것이 아니라, 자신의 주인이신 예수님의 명령을 자신보다 더 귀중하게 여긴 것이다. 손양원 목사님이야말로 세계적인 신앙의 모델이라 할 수 있다. 미련하지 않은 고집이 바로 손양원 목사님의 신앙의 고집이기에 이런 신앙인이 점점 많아질 때 한국기독교는 성큼성큼 앞서가리라 믿는다.

강덕영

* 「한국크리스천문학」 등단,
* 저서 『그럼에도 불구하고 할 수 있다』 외 다수,
* 한국외국어대 및 경희대 대학원졸업, 대한신학
  대학원대학교 이사장 역임,
* 현) 한국유나이티드제약 사장

감자 불알

하늘엔 구름조각
대지엔 감자꽃
바다엔 고래 이빨을 한
차디 찬 파도가 일어선다
흰 구름은 사라지고
흰 파도는 부서지나
농부가 수놓은 감자꽃은
유월의 한 복판에서
흰 감자 불알을 품고 있다.

박이도

* 1962년 「한국일보」 신춘문예 당선
* 평안북도 선천 생
* 「회상의 숲」「북향(北鄕)」「폭설」「바람의 손끝
  이 되어」「불꽃놀이」「안개주의보」「홀로 상수
  리나무를 바라볼 때」「을숙도에 가면 보금자리
  가 있을까」 등
* 대한민국문학상, 한국기독교시인협회문학상,
  경희 대 국문과 및 동대학원 졸업
* 현) 경희대 국문과 명예교수

사막에서 4

김 소 엽

사막에 와 본 이는 안다
몇 억 광년 사무치는 그리움을
그 그리움이
눈물 글썽이는
별이 되어 지금도 반짝이는 것을

사막에 와 본 이는 안다
몇 억 광년 못다 한 사랑을
그 불타는 사랑이
별이 되어 지금도 반짝이는 것을

사막에 와 본 이는 안다
사랑도 그리움도
삶에 비하면
아무것도 아니란 것을

우주의 거대한 별세계를 생각하면

한 알 모래알보다 작은
'나'라는 존재가
별것도 아니란 것을

김소엽

* 이대문리대영문과 및 연세대 대학원 졸업, 명예문
  학박사,
* '한국문학'에 「밤」「방황」 등 작품이 서정주 박재삼
  심사로 등단,
* 시집 「그대는 별로 뜨고」, 「마음속에 뜬 별」, 「그대
  는 나의 가장 소중한 별」, 「별을 찾아서」 외15권
* 윤동주문학상 본상, 46회 한국문학상, 국제PEN문학상,
  제7회 이화문학상, 대한민국신사임당상 등 수상
현) 호서대교수 은퇴 후 대전대석좌교수 재임 중

사랑은

김 상 길

사랑은
꽃을 빛내주는 침묵의 잎새
부르면 다가와 경배하는 바람
으깨져서야 빛나는 방향과芳香果
고요할수록 환한 물가의 풍경
용서와 고통의 조율을 거쳐
명징한 기쁨을 연주하는 악기
뜨락에 쌓이는
사랑은 마음에 쌓이는 신비
모이면 함성이나 화염이 되고
흩어지면 속삭이는 기도나 불씨가 되는
사랑은 이 시대
우리에게 제단을 적시는
피

김상길

* 「소년」, 「시문학」 등단,
* 시집 『숨겨둔 빗장』(1988년 종로서적), 『큰 보자기』, 칼럼집 『겨자씨』 등
* 여의도순복음교회 홍보국장, 국민일보논설위원, 순복음신학원 학장, 신앙계 사장
* 대전순복음교회 담임 목사 역임

出嫁外人

서 경 범

아카시아 향기 피는 오월에
동구 밖 십자로 천사가 가시 피를 닦는
황금 저녁 서러워 슬픈 계절 나이테 둥글게
處女 인적미답(人迹未踏)
가파른 고원 푸른 열매 안겨 빛을 섬긴다

꽃신 신고 꽃 이불, 화관 마차 타고
아카시나무 사이 길 가신
눈물 향기 떨군 가시밭에
마른 언덕 복숭아 고운 버선발로
맑은 눈동자 뽀얀 가슴 달콤한 꿈에 젖는다

찢어진 손등으로 고운 입김 문고리 녹여
대문 안 밖 삶의 고운 머리 빗고
왕궁 침략자 마른기침 바람서리 듣는다
물 샐 틈 양곡 다져온 앞치마
손가락 부서지는 경실(硬實)

이체 산비탈 억새
AI 뇌파 혈기 끊어진 다리 앞에서
가시리 송강가사 입술을 씹는다

언덕길 오르는 청사초롱
바다로 간 열차에 단장하고
단물, 짠물 들이킨 소금밭 하얀 꽃 마중
경제 실리주의 구두 닳아진 서울 나들이
뼈마디 굵은 황토 가시 박힌 손 향수를 씻는다

날카로운 이성 분자 섬긴 산그늘 하늘
파랗게 돋는 십자성 붉은 혈청이
노란 달빛 돔에 내린 별 이름 달고
억장을 묻어 풀빛 억만년 지구 돈다.

서경범

* 독립기념관 백일장 '수필' 등단
* 시집 「안성 맑은 물」, 「미리내」
* 박두진 문학관 「우리들의 시간」, 문방시회 동인
  지, 안성문인협회 문학지
* 한경대 문예대 1,2기 수료
* 현) 신한카드사 설계사

나무의 독백

이 상 인

나무는 말 없어도 이야기를 하고 있다
자신은 침엽수며 나이는 몇 살쯤인지
한겨울 혹독한 추위에도 거뜬하게 견딘다고

나무는 묵언으로 이야기를 하고 있다
활엽수는 뛰어난 패션 감각을 자랑하며
한겨울 눈보라에도 거칠 것이 없다고

또 오페라를 연출하고 세상을 정화한다고
스치는 바람소리 새소리는 노래가 되어
숲들이 군무를 추며
발산하는 피톤치드.

이상인

* 「시조생활」 등단,
* 동인시집 『여울물 』, 한국경찰문학회 운영위원장,
  시인협회 이사, 나라사랑한국문인협회 부회장, 시
  조생활시인협회 이사
* 한국시낭송선교회 고문, 한국마술문화협회 마술 지
  도사

아내와 나 사이

李生珍(1929~)

아내는 76이고 나는 80입니다
지금은 아침저녁으로 어깨를 나란히 하고
걸어가지만 속으로 다투기도
많이 다툰 사이입니다

요즘은 망각을 경쟁하듯 합니다
나는 창문을 열러 갔다가 창문 앞에
우두커니 서 있고

아내는 냉장고 문을 열고서
우두커니 서 있습니다

누구 기억이 일찍 들어오나
기다리는 것입니다

그러나 기억은 서서히
우리 둘을 떠나고
마지막에는 내가
그의 남편인 줄 모르고
그가 내 아내인 줄 모르는 날도

올 것입니다

서로 모르는 사이가 서로 알아가며
살다가 다시 모르는 사이로
돌아가는 세월일 뿐이라고.

그것을 무어라고
하겠습니까

인생?
철학?
종교?

우린 너무 먼 데서
살았습니다

●지난 2019년 봄, 평사리 최참판 댁 행랑채 마당에서 박경리 문학관 주최로 제1회 '섬진강에 벚꽃 피면 전국 詩낭송대회'가 열렸습니다. 60여 명이 참가한 이 대회에서 대상을 수상했던 낭송시가 바로 李生珍 詩人의 이 작품입니다. 70대 후반쯤 되어 보이는 남성 낭송가의 떨리고 갈라지는 목소리에 실려 낭송된 이 시는 청중들로 하여금 눈시울을 젖게 하였습니다. 좋은 낭송은 시 속의 '나'와 낭송하는 '나'와 그것을 듣고 있는 '나'를 온전한 하나로 만들어주기 때문입니다.

내 몸의 주인인 기억이 하나둘 나를 빠져나가서 마침내 내가 누군지도 모르게 되는 나이. 나는 창문을 열려고 갔다가 그새 거기 간 목적을 잊어버리고 창문 앞에 우두커니 서 있고, 아내는 무엇을 꺼내려고 냉장고에 갔다가 냉장고 문을 열어놓은 채 그 앞에 우두커니 서 있는 장면은 상상만 해도 앞이 막막하고 울컥하지 않습니까? 시인은 차분하게 이 참담한 상황을 정리합니다.

우리의 삶이란 '서로 모르는 사이가 / 서로 알아가며 살다가 / 다시 모르는 사이로 / 돌아가는 세월'일 뿐이라고.

그리고 자책하는 목소리에 담아 우리를 나무라지요. "진리는 가장 가까운 곳에 있었는데 우린 너무 먼 데서 살았습니다."

그러므로 '아내와 나 사이'의 거리는 우리의 어리석음을 가시적으로 보여주는 바로미터인 셈이지요.

* 김남호/문학평론가님이 올린 글이 너무 좋아서 여기에 모셨습니다. 김 평론가님 스마트 폰에 매달린 독자를 위해서 다소 무리가 되어도 이렇게 양해 없이 모십니다. 용서를 빕니다(편집 발행인)

필리핀 기행

최 건 차

경칩이다. 움츠려진 심신을 펴보려는 크리스천문인 10여 명이 선교문학기행이라는 명분으로 필리핀에 가려고 이른 아침 인천공항에 모였다.

우리에겐 이른 봄이지만 그곳은 한여름 7-8월의 날씨라 미리 일러준 대로 여름 복장과 수영복을 챙겨야 했다. 마닐라 아키노국제공항에 도착하자마자 후끈한 열기에 급히 하복으로 갈아입고 시가지를 벗어나 선교지로 행하면서 주변을 살펴보다가 34년 전으로 빠져들었다.

내가 필리핀을 처음 가보았을 때인 1990년 3월 이맘때가 펼쳐진다.

마닐라 시가지에서 호세리잘공원과 중화인들이 가족의 유택을 생전의 모습처럼 꾸며 놨다는 공동묘지를 가 보았다. 생활의 윤택함을 드러내는 화교들과 초라하게 경비를 서고 있는 현지인들이 언짢게 비교되는 곳이기도 했다.

역사적으로 필리핀의 정치, 경제, 상류층이 리잘

이나 아키노부터 다수가 중국계이다 보니 이런 현상이 자연스러운 것 같다. 그리고 또 다른 한 곳을 가 보았는데 거기는 각종 쓰레기가 산더미처럼 쌓여 있고 매캐한 냄새를 풍기는 연기가 곳곳에서 피어오르고 있었다.

가난에 찌들어진 채 헐벗은 아이들이 쓰레기더미를 뒤지며 뭔가를 찾고 있다. 서울도 80년대 초엽까지는 지금 상암동 월드컵 경기장을 멋있게 받쳐 주고 있는 조망 좋은 하늘공원이 그런 쓰레기장이었다.

여행은 잘 먹고 잘 쉬고 마음에 맞는 사람들과 어울리며 구경거리가 좋아야 한다는 게 상식이다. 이에 분위기를 바꾸려고 시원함을 한껏 느낄 수 있다는 꽉상한 폭포를 찾았다.

카누에 두 사람이 타고 흘러내리는 강물을 거슬러 올라가는데 비쩍 마른 사공이 땀을 뻘뻘 흘리며 후미에서 밀고 있다.

한참을 오르는데 물결이 빨라지고 바위가 듬성듬성한 지대에서 너무 힘들어 보여 그냥 내려서 돕고 싶었는데 오히려 부담을 준다는 것이다. 안타까워서 달러로 보상해 주고서 폭포가 보이는 종착 지점에 도착했다. 모두 폭포 아래로 바짝 들어가 물 폭탄을

65

맞으며 즐겁게 기념사진을 찍고 다시 카누에 올라 돕는 사공 없이 흐르는 물살을 타고 내려가고 있었다.

나는 짝이 된 H와 머뭇거리다가 맨 마지막에 남은 낡은 카누를 타게 되었다. 체구가 나보다 훨씬 큰 그가 앞자리에서 상체를 뒤로 젖히지 않은 상태로 흘러가다가 카누가 바윗돌에 스치면서 균형을 잃고 뒤뚱거렸다. 이에 놀란 H가 잘해 보려고 상체를 일으키며 중심을 잡으려다가 기우뚱 넘어지면서 전복되었다.

우리는 각자 깊은 데로 빠져들어 허우적대며 떠내려가는데 사고를 알고 달려온 모터보트에 무사히 구조되었다.

이에 강가 마을에서 살 때 물에서 위험천만했던 어린 시절을 떠올리게 됐다. 물놀이에 장난이 심해져 홍수가 난 큰물에서와 소(沼)에서 놀다가 소용돌이치는 물살에 휩쓸려 죽을 뻔한 사고를 몇 번이나 겪었다.

세월이 약이라 카누 사고를 당한 필리핀을 34년 만에 다시 찾아 그때를 떠올려 보게 됐다. 그날, 폭포에서의 사고를 일단 접고 스페인의 역사적 유물이 많다는 두마게이트로 갔다. 우리 연세대학교와 비슷하다는 실리만대학교를 둘러보고 선교지가 있는 산동네로 향했다.

메마른 산비탈에 있는 초막에서 아이들이 쏟아져 나와 금방 백여 명이나 되었다. 준비해 온 학용품과 과자 등을 나누어 주면서 기분이 이상해져 또 타임머신을 타고서 어린 시절로 돌아갔다.

1946년 해방 후 외가에 들러 잠시 머물고 있던 우리 집 앞 신작로에 웬 미군이 지프차를 타고 나타났다. 동네 아이들은 생전 처음 보는 양코배기가 무섭다며 도망을 쳐 숨어버리고 나만 그대로 있었다.

흑인 한 명과 백인 두 명이 다가와 껌, 과자, 드롭스를 내 호주머니에 가득 넣어 주었다. 미군들은 나를 번쩍 들어 지프차에 태우고 주변을 돌아보며 꿩을 잡으려고 총질을 몇 번 하다가 우리 집 앞에서 나를 내려주고 가버렸다.

숨어서 지켜보고 있던 아이들이 우르르 몰려나와 내가 미군들에게 받은 과자를 나누어 먹자며 성가시게 굴었다. 평소에 나를 괴롭히던 녀석들이어서 맘이 내키지 않아 머뭇대는데, 이를 뒤에서 지켜보고 계시던 어머니가 내게 있는 과자를 몽땅 꺼내어 동네 아이들에게 골고루 나누어 주었다.

난생 처음으로 먹어보는 양코배기 과자가 달고 맛있다며 좋아들 했다. 나는 지금 목사가 되어 아련한 그 시절을 필리핀에서 회상하고 있다.

이번 필리핀 여행에서 망고를 엄청 많이 먹었다. 리잘공원과 우리가 목표로 한 선교지 외에는 별로 가보지 못했는데 우리나라 차량이 별로 눈에 띄지 않았다.

다른 동남아 국가에서는 우리나라 차량을 흔하게 보았는데 좀 의아하다는 생각이 들었다. 필리핀 국명과 가톨릭 그리고 화폐단위는 스페인을 따랐는데, 언어는 영어를 사용하고 차량은 일제가 주류를 이루고 있다는 점이 특이했다.

70년대까지는 필리핀이 우리보다 상당히 앞선 나라였는데 지금은 우리나라가 더 많이 앞선 것 같다.

4박 5일간은 마닐라 근교만 단순하게 여행했다. 7천 100여 개의 섬으로 이루어져 있고 1억1천만이 넘는 인구에 상 하원제의 국회가 운영되는 나라를 얼마나 알고 있을지? 지금의 필리핀을 경제적으로 봤을 때는 좀 그렇지만, 6.25 전쟁 때 우리에게 전투병을 파병해 주었고, 70년대까지는 우리를 도와

주었던 우방이다.

이에 나는 34년 전과 별로 다르게 보이지 않는 그 마을에 갔을 때, 허름한 집에서 어린아이를 안고 내다보는 여인에게 지폐 한 장을 주며 기념사진을 찍었다. 어린아이에게 과자를 사주라는 뜻이었는데 기왕이면 좀 더 큰 지폐를 주지 못한 게 아쉬움으로 남는다.

2024. 3.

최건차

* 월간 「한국수필」, 「창조문예」 등단, 수필집 『진실의 입』, 『산을 품다』 외, 한국문협한국수필문학기협회 이사, 수원 샘내교회 담임목사

여보게, 술이나 한 잔 하세

이 우 일

요새 무슨 일 있다는 거, 자네 처가 우리 집사람한테 얘기한 거 다 들었네.

칠순 잔치도, 팔순 잔치도 아닌 보통 자네 생일에 자식 놈들 안 왔다고, 그게 어디 그렇게 맘 상할 일인가?

요사이 바쁜 세상이란 거 잘 알면서 왜 그러나? 요새 젊은이들 음력 안 써서 기억 못한 걸세. '섣달 열사흘'을 어떻게 기억하나? 자네 처가 미역국에 고기 듬뿍 넣어 끓여주고, 삼색(三色) 나물에 반주까지 곁들여 차려주었다는데……. 호강이 지나쳐 투정부리는 거 아닌가?

요새 바깥출입도 뜸하고, 사랑방에 놀러 오지도 않고……. 남이 알면 속 좁은 사람이라고 흉 본다구.

여보게, 우리 집사람이 두부하고 돼지고기 숭숭 썰어 넣고, 얼큰하게 김치찌개 끓여 놓았다네.

맘 풀고 와서 술이나 한 간하세. 맘 상하는 일 있더라도 잘 삭히게 그려. 어디 세상 살다 보면 내 뜻대로 되는 일 그리 많던가?

여보게, 내 술 한 잔 받게나!

금이야 옥이야, 기른 자식이 요사이 전화도 뜸하다고 맘 상할 일 아닐세. 자식이란 품안에 있을 때 자식이지. 그 녀석도 도회지에 나가 그런대로 제 앞가림 잘하고 살고 있지 않은가? 군청 주사, 아무나 하는 줄 아나? 그것도 벼슬일세, 벼슬이구 말구.

요새 불효하는 놈들 허구 많던데, 자네 자식은 큰 속은 썩힌 적 없지 않은가. 그만하면 하면 됐지, 뭘 그러나? 무소식이 희소식일 수도 있네.

여보게 잔 비우게.

자네는 용케도 젖먹이 때 부모님 등에 업혀 1·4 후퇴 때 흥남부두에서 미국 배 얻어 탄 게 하늘이 내린 천운(天運)일세.

지금 북쪽에 있다면 어찌 됐겠나? 빤하지 않은가? 맘에도 없는 철부지 김정은에게 앵무새처럼 충성 맹세를 매일같이 되뇔 거고 굶주림과 병마에는 얼마나 시달리겠나?

자네 거기 있었으면, 벌써 저 세상 사람 됐네.

여보게, 내게도 술 한 잔 따르게.

자넨 가진 것 없이 월남했지만, 천성이 부지런하여 젊었을 때 사우디 가서 돈 벌어 논도 열댓 마지기 사고, 밭도 서너 떼기 되지 않는가?

그만하면 양식 충분하고, 아들, 딸에게도 쌀가마니나 줄 수 있어 좋고, 철마다 나는 채소도 자식들에게 주고도 남지 않는가?

어디 그뿐인가? 동네 총각들이, 심성 착하고 얼굴 곱다고, 군침 삼키던 순옥이를 차지한 것도 자네 아닌가? 자네는 정말 마누라 복이 있어. 그 복이 제일일세, 제일이구 말구.

자네는 천성이 부지런하고 성실하여, 이 나이에도 직장을 가져 남한테 손 벌리는 일은 없지 않은가? 요새 대학 나온 젊은이도 직장 못 구해 태반이 놀고 있다는데, 용케도 자네는 읍내 아파트 경비로 나가 한 달에 보름 일하고도 백오십만 원을 꼬박꼬박 받지 않는가? 또 나라에서 우리 늙은이에게 주는 연금도 매월 25만원씩……

그 돈이면 큰돈일세. 자식에게 손 벌리는 일이 얼마나 못할 짓이라구. 그래도 우리는 타고 난 건강이 있어 복 받은 것 아닌가?

정말 복중에 대복(大福)일세.

병원에 가보게, 코에다 산소 호흡기 끼고 있는 사

람, 뇌졸중으로 반신불수 된 사람, 목을 뚫어 호스로 미음 넘기는 사람, 말기 암으로 고통을 견딜 수 없어 모르핀주사 놔달라고 고래고래 소리 지르는 사람……. 어디 한둘이던가?

건넛마을 장순태, 자네도 알지? 그 아들 출세하여 높은 자리 있다고, 침이 마르도록 자랑하던 그 자식 놈이 늙은 애비 모시기 힘들다고 반강제로 병원에 입원시킨 거 알지 않는가?

요양병원이라고, 자네도 알지?

거긴 말야, 맛없는 병원 밥 하루 세 끼 억지로 먹고, 눈 멀뚱멀뚱 천장만 쳐다보다 하루 가고 한 달 가고, 1년 가고, 3년 가고……. 되레 마음의 병을 얻는 곳일세.

요양병원 무슨 요양인가?

살아서 들어가서 죽어서 나오는 곳. 그게 요양병원 아닌가? 우린 사지 멀쩡하여 닷새마다 장날이면 읍내 최과부집 뜨끈끄끈한 국밥에 막걸리 곁들여서 언제든지 먹을 수 있으니 얼마나 좋은가!

우린 그래도 학교라도 나왔으니, 영 '까막눈'이란 소리 듣지 않고 살지 않는가? 그까짓 꼬부랑글씨 좀 모르면 어떤가? 이 나이에 우리가 학자가 될 건가, 박사가 될 건가?

여보게, 술 한 잔 더 받게나!

가진 거 적다고 투정부릴 일 없네. 자네나 나나 세상 태어날 때 뭐 가지고 태어났나? 고대광실 아니면 어떤가? 군불 때고, 드러누울 뜨뜻한 방이 있고, 눈비가 와도 걱정 없는 집이면 됐지.

자넨 작년 겨울 딸아이가 보낸 오리털 잠바, 그것이면 이 겨울 나는데 걱정 없을 테고.

진수성찬이 아니면 어떤가? 소박한 밥상이면 됐지. 된장찌개, 나물무침, 어쩌다 삼겹살이면 그만이지. 진수성찬이 오히려 몸에 덜 좋다는 거 자네도 텔레비전에서 보아 잘 알고 있지 않은가?

소주와 막걸리가 우리에겐 그만일세. 그까짓 서양 술, 비싸기만 했지 그거 무슨 맛있던가? 집에 가면 따뜻한 밥 해놓고 기다리는 안사람, 술 덜 먹고 담배 줄이라고 성화하는 마누라, 남에게 추하게 보이지 말라고, 옷 깨끗이 빨아주는 그 마누라 있으니 얼마나 다행인가?

안사람 일찍 보내고, 쓸쓸히 지내는 늙은이들 우리 주위에 꽤 있네 그려. 매년 설 때, 자식, 며느리, 사위가 세배하러 앞마당에 세워놓은 자가용, 그 아니 대견스러운가!

우리, 재산 적다고 투정할 일 아닐세. 자식들끼리

재산 다툼으로 웬수(?) 되는 일 허구 많은데, 자네와 나는 큰 재산 없으니 형제지간 다툴 일 없고, 물려줄 큰 재산 없으니 그 자식들 살려고 피땀 흘려 일할 테니 그 얼마나 값진 일인가?

재벌 아무개들처럼 재산 많아 보게. 그 재산 지키고, 불리는데 마음이 오죽 쓰겠나. 수만 명 식구 벌어먹이려고 노심초사는 얼마나 하겠나. 그 사람들도 하루 세 끼밖에 못 먹네. 그들도 언젠가는 세상 떠날 텐데, 그 산더미 같은 재산 두고 갈 때 얼마나 아깝고 미련이 남겠나. 그런 걱정 없으니 얼마나 마음 편한가?

돈푼께나 있는 졸부들도 마찬가지일세. 그 자식들 평생 일 싫어하고 주색잡기와 노름으로 폐인 되기 십상일세. 로또복권 몇 십억 타서 잘된 놈 있는 줄 아나? 혈육지간 관계 끊고, 이혼이다, 마약이다. 노름으로 탕진하고 노숙자 된 놈이 어디 한두 놈이던가? 우리 자식들은 그럴 걱정 없으니, 그것도 복이라면 복일세.

심심할 땐 사랑방 모여 두런두런 얘기할 말벗이 있으니 좋구, 속 '툭' 털어놓고 아무 얘기나 할 친구가 있다는 게 얼마나 다행인가?

여보게, 마지막 잔일세.

인생이 뭐 별거 있겠나?

세상에 모든 시름도 노여움도 다 버리고 살자구.

마음도 비우고, 원망과 증오도 모두 버리고 사세.
부질없는 욕심도 다 소용없는 일일세.

여보게, 용복이!
바람처럼 왔다가 이슬처럼 가는 인생.
노을처럼 살다 가자구.

이우일
―――――――

월간 「문학저널」 수필 등단
아름다운 글 문학상 수상
올해의 우수작품상

할아버지 교수님이세요?

임충빈(任忠彬)

"실례합니다만, 할아버지! 몇 동 몇 호에 사세요?"

"자전거 타고 가다 갑자기 서면 사고 나니 학생들 조심해요."

"뒤에서 오며 할아버지께서 휴지를 주워서 쓰레기통에 넣는 것을 모두 지켜봤어요."

"아니, 길거리에 쓰레기가 보이면 흉해서 주웠을 뿐인데, 몇 학년이지?"

"4학년인데요. 수많은 사람들이 오가면서 못 본 체했을 쓰레기를 할아버지께서는 가방을 들고도 지나칠 수 있는데도 모두 주워서 쓰레기 분리함에 나눠서 넣으시는 것을 우리는 똑똑히 지켜보았어요. 보기 힘든 일이었어요."

"그 사람들은 바쁜 일이 있어서 빨리 가느라 못 주웠을 뿐이야, 누구나 할 수 있는 일이야."

"할아버지 교수님이세요? 구두에 정장 차림이시고 아주 단정해요. 요즘은 정장에 구두 신은 분은 보기 힘들거든요."

"신발과 의복은 편한 것이 좋겠지만, 모임 성격과 상황에 맞는 차림이 제격인데 요즘은 자기 편한 차림으로 살아가는 사람들이 많지. 차림새가 바로 그 사람 품위이고 마음이지."

"예, 맞아요, 선생님께서도 말씀해 주셨어요."

"학생들, 비온 뒤라 자전거 타기 좋은 날씨구나, 학생들! 운동을 한 후에 공부를 하면 집중력이 높아진단다. 공부를 하다가 잠시 바깥을 내다본다든지, 이렇게 친구와 웃으며 야외운동으로 땀을 흘린 만큼 뇌가 활성화된다니 운동과 공부는 모두가 중요하지. 균형된 운동과 신체활동이 건강과 학습에 효과적이란다."

"할아버지께선 외모나 말씀이 교수님이시며 우리 동네에 사신다니 정말 반가워요."

아침나절엔 비가 왔고 그 여파로 바람이 불어서인지 거리에 쓰레기가 나풀거리기에 주워 넣었을 뿐인데 감수성이 예민한 초등학생들이 현장을 목격하고 말을 걸어 온 것이다.

'양심이란, 보이지 않는 곳에서도 버려진 휴지를 줍는 것이다.'라는 말을 기억해 버려진 쓰레기를 주웠을 뿐인데 손자 또래 학생들이 달리던 자전거를 멈추고 말을 걸어 와서 기분이 좋기도 하였지만, 기성세대를 나무라는 듯한 말에 쑥스럽기도 하였다.

"할아버지! 너무 멋져요, 안녕히 계세요"라고 꾸벅 인사하면서 앞서거니 뒤서거니 페달을 힘차게 밟는 뒷모습을 물끄러미 지켜볼수록 믿음직스럽고 가로수도 내 마음같이 웃는 듯이 푸르게 보였다.

우리들 희망인 초등학생들이 이렇게 성숙한 언행이 많아질수록 환경과 질서가 제대로 영근다고 생각하니 이제 선진국 국민이라 자부하여도 손색이 없을 것 같다.

그러나 뉴스에 나오는 시위대 머문 거리나 행사장, 주말의 나들이객들이 지나간 자리엔 쓰레기가 뒤범벅이 된 모습을 보노라면 우린 아직도 공중질서와 환경의식이 부족하다는 비애를 느끼며 씁쓸해하곤 했다.

그래도 이런 사소하지만 꼭 필요한 일은 바이러스처럼 눈에 보이지 않더라도 골고루 퍼져 나갈 때 국민의식은 알게 모르게 좋아져 편안함과 행복감을 줄 것이라는 기대와 함께 희망을 갖는다.

오늘은 두 달에 한번씩 「豐任文士」(풍천임씨 문화예술인) 모임에서는 문화예술을 활용하여 종중(宗中) 전통을 이어받아 전승 보존하는데 노력하여 좋은 세상을 만들어 가자는 다짐을 하였고 점심은 건강식사로 차 한잔 곁들이고 훗날을 기약하고 감사한 마음으로 기분 좋게 귀가하는데 희망적인 사실을 길거리에서 확인하는 소중한 기회를 가졌다. 이는 「豐任文士」에서 다양하게 다루었던 주제로 진지하게 토론한 내용들이라 더 의미가 있는 하루가 되어 긍정과 세로토닌이 넘친다.(「풍임종보」 편집인)

아파트지구라 자전거 도로에는 아이들이 휴일이면 가족들과 자전거를 경쟁적으로 많이 타고 다닌다. 전동킥보드와 함께 탄소 없는 개인형 이동상치(PM)로 짧은 거리를 신속하게 왕래하고 운동을 겸하여 많이 이용하는 추세다. 걷는 것도 좋은 운동이지만, 전신을 활용하는 빠른 이동 기구를 이용하는 것도 바람직하지. 오전엔 비가 왔고 그 여파로 바람이 불어서인지 거리에 쓰레기가 나풀거리기에 주워 넣었을 뿐인데 감수성이 예민한 초등학생들이 목격하고 보기에 신기한 듯 달리던 자전거를 세우고 말을 걸어 온 것이다.

하찮은 일을 눈여겨보며 자전거를 급정거하고 어린이의 눈에 비친 현실을 잠시 걱정하는 듯한 거침없는 당당한 말에 우리나라의 희망을 보는 것 같아서 기뻤지만, 한편으로는 아직도 국민 의식수준이 낮다는 것을 초등학생의 눈에 비쳤다는 사실을 생각하니 기성세대로서 부끄럽지 않을 수 없었다.

우리 어른들이 솔선수범하여야 지난날의 역사를 알

게 모르게 올바르게 학습하여 현재 여건을 똑바로 알고 급변하는 4차산업 시대를 대비하려고 부지런히 배우고 익혀서 미래를 적극적으로 설계해 나가는 가슴 넓은 일꾼이 되도록 만들어야 한다는 소명으로 이 시대를 올바로 살아야만 한다는 현실 인식을 깊이 생각해야 할 때다.

임충빈(任忠彬)

* 한국작가(시), 현대수필(수필) 등단
* 시집 「장맛처럼 물처럼」
* 수필집 「소나무처럼 바람처럼」
* 한국문인협회 안성지부장 역임, 현) 고문 및 불교문학회 부회장 한국작가회 초대회장/현대수필문인회 부회장
* 혜산박두진문학제/어사박문수전국백일장 운영위원 역임
* 수상:제21회안성시문화상, 경기문학상, 연암예술상, 서울시우문학상, 농민문학본상 등

미운 며느리

이 건 숙

새벽기도회에 오늘도 1백 명이 넘는 성도들이 나와서 기도소리가 봄기운이 감도는 성전 마당까지 울려 퍼졌다.

아직도 잠이 덜 깬 삼십 대 초반의 전도사가 강단에 섰다. 창가에 심어 놓은 벚꽃이 활짝 펴서 새벽의 미풍에도 꽃잎이 하늘하늘 떨어져 내린다. 이런 시기는 봄 열에 취하기 마련이다. 특히 젖먹이를 가진 전도사 부부는 늘 잠 부족으로 나른해서 휘청거린다. 아직도 눈에 잠이 서리서리 엉킨 전도사님이 잠에 취해서 어리댄다.

마침 강대상 위에 놓인 헌금봉투에 눈이 갔다. 먼저 헌금 감사기도를 하고 설교를 시작하는 것이 이 교회의 통례라 딱 하나 놓인 봉투를 높이 치켜들고 봉투 겉에 쓰인 글을 전도사님이 천천히 읽기 시작한다.

'우리 며느리가 권사인데도 십일조 내라고 아들이 준 돈을 반이나 잘라서 써버렸습니다. 매일 새벽기도회에 나오지 않고 지난 수요 저녁기도에엔 동창들 만

난다고 나가버렸습니다. 저를 미워해서 밥도 잘 안 주니 제발 우리 며느리가 회개하게 해…….'

젊은 전도사님이 읽다가 잠이 화들짝 깼는지 끝에 가서야 어물거린다.

성도들 사이에서 키들키들 웃음이 터져 나왔다.

언제나 앞줄 가운데에 앉아있는 김화목 권사가 낸 헌금이다. 시어머니랑 며느리가 극렬하게 싸우고 둘이 아옹다옹한다는 소문이 파다한데 이런 헌금이 새벽기도회에 올라온 것이다.

성도들 사이에서는 수군수군 말이 많았다.

"그런 헌금을 내는 시어머니가 잘못이야."

"시어머니 나이가 희수를 맞았으니 노망으로 알고 전도사님 손에서 끝났어야지 그걸 곧이곧대로 그대로 읽는 법이 어디 있어."

"사모님이 아기를 낳아서 젖을 물리고 있으니 부부가 다 잠이 깨소금처럼 쏟아지는 터에 억지로 새벽에 나왔으니 사리분별이 되겠어."

이제 모든 원망이 전도사님에게 돌아가고 있다.

잠이 천리만리 도망가 버린 전도사님이 아직도 엎드려 기도하고 있는 김화목 권사 앞에 섰다.

"권사님이 며느리를 그렇게 미워하시면 어떡해요?"

"교회에 소문이 나야 우리 며느리가 정신을 차릴 터

이니 그렇지요. 전도사님이 내가 쓴 걸 읽지 않고 그냥 덮어 버리면 어쩌나 하고 마음이 조마조마했어요. 읽어줘서 고마워요."

그러자 전도사님이 권사님의 손등을 쓰다듬으면서 나직하게 말했다.

"권사님 마음이 지옥이네요."

"못된 며느리를 이렇게 광고하고 나니 내 마음이 지금 천국이오."

"오늘 제 설교처럼 미움이 있는 곳엔 사망이 임해요."

그러자 권사님이 삐죽삐죽 입을 실룩거리다가 앙앙 울어 버린다.

이건숙

* 한국일보 신춘문예 당선, 서울대학교 독어과 졸업, 미국 빌라노바 대학원 도서관학 석사, 단편집:『팔월병』외 7권, 장편 『사람의 딸』외 9권, 들소리문학상, 창조문예 문학상, 현):크리스천문학나무(계간 문예지) 주간

하필 허당에 빠진 국자 / 충청도 사투리로 쓴 / 명랑 소설

넷째 남자(4)

심 혁 창

바람난 여자 같은 장미

윤달이 눈을 흘기며 항의했다.

"저 사람 왜 남의 집을 소리도 없이 들어왔느냐고?"

국자가 눈을 부릅뜨고 대답했다.

"너 이 화단 누가 가꾼 줄 알기나 혀?"

"내가 알께 뭐야."

"이 화단 허당 총각이 갈고 씨 뿌리고 가꾼 거여."

"그래서 어쩌라고?"

"그게 말이라고 혀? 고마운 사람한티 할 소려?"

"몰라!"

윤달이 그 한 마디를 남기고 쏜살같이 말벌보다 빠르게 달아났다. 국자가 안타까운 얼굴로 말했다.

"허당 총각, 섭히 생각 마아. 저것이 겉으로는 저래도 속은 엉큼혀."

"괜찮어유."

"그렇지이? 내 말이 맞다는 거 아녀?"

"알았슈. 가게나 나가 보셔유. 난 꽃에 해충이 있는지 살펴 볼게유."

"그려, 갈 때 가게에서 국 한 그릇 허구 가 잉?"

국자가 떠나자 허당은 화단 앞에 놓인 멍텅구리 의자에 앉아 꽃을 보며 생각에 잠겼다.

백일홍을 보고 있으면 하우 생각이 들었다. 꽃들이 많아서 이름을 다 알 순 없었지만 담을 타고 빨갛게 웃는 뜨거운 장미와 포근할 것만 같은 빨간 얼굴로 웃는 백일홍이 눈을 끌었다.

장미는 요란하게 향기를 날리며 요부처럼 피는 윤달이 같고 백일홍은 다소곳이 수줍게 웃는 하우 같았다. 하우는 마음을 끌어당기는 강렬한 흡인력을 가진 자석 같다고 생각했다.

벌 나비는 쉴 새 없이 꽃과 꽃 사이를 날고 지나가는 실바람이 꽃들과 춤을 추다 향기를 묻힌 채 달아난다. 화단엔 세상에서 가장 아름다운 평화가 모여 있고 하우가 백일홍이 되어 허당 가슴으로 파고들었다.

꽃이 하우 얼굴로 보였다가 지워지고 보이지 않게 가슴에 그리움의 보금자리를 틀었다. 허당은 머리를 저었다.

'아니야, 이러면 안 되는 거여. 부모가 반대하는데 내가 왜 엉뚱한 생각을 품는겨?'

그러다가 또 생각했다.

'윤달 같은 장미는 잠깐 바람난 여자처럼 향기를 날리다가 바로 시들어 버리면 떨어진 꽃잎이 지저분하지……. 하우 같은 백일홍은 립스틱을 칠한 듯 곱고 오래 가다가 마지막엔 제 모습 하나도 흩트리지 않고 한창 때 모습 그대로 첫 서리가 내리면 하얗게 은빛 꽃으로 돌아가지. 하우는 백일홍 윤달은 장미……'

허당은 꽃을 보아도 하우로 보이고 가슴에서 지우려고 하면 할수록 그리움이 가슴에 쌓였다.

화단을 나선 허당은 책 곳간으로 발길을 돌렸다. 발길을 그리로 돌리면서 모질게 다짐했다.

'내가 하우를 가까이 하면 부녀 사이만 나쁘게 만들어 놓는 거여. 하우는 내 상대가 아닌 꿈속의 별이여. 나 혼자만 좋아하고 바라보는 별. 그것이면 되는겨. 하우하고는 웃지도 말고, 말도 섞지 말아야 혀.'

이렇게 다짐하며 책 곳간에 들어서자 하우가 기다렸다는 듯이 다가와 기쁜 소식을 전했다.

"허당 씨, 어디 갔다 이제 와요? 내가 얼마나 기다렸는지 모르지요?"

"……."

"왜 말이 없어? 골났어요?"

"……."

"하우드유드!"

"……."

하우가 A4지를 내밀었다.

"허당 씨. 이것 보실래요?"

허당은 주문서를 훑어보았다. 각종 주문 도서명이 가득했다. 소리를 치고 싶게 기뻤지만 조개 입으로 재갈을 채웠다. 하우가 책 곳간으로 들어가며 말했다.

"내가 주문서에 있는 책들을 다 찾았는데 여기 이 책이 어디 있는지 모르겠어요."

허당은 그 책이 이층 꼭대기 윗간에 있는 것을 보았다. 그래서 아무 말 없이 이층으로 올라갔다. 뒤를 하우가 따라 올라오며 꾀꼬리 소리로 말했다.

"허당 씨이, 하우하고 말하지 않기로 했어요?"

"……."

"좋아요. 그렇게 말하기 싫으면 하지 말아요. 기다릴게요. 그 대신 내가 하는 이야기는 다 들어야 해요. 알았지요?"

명랑하고 귀엽고 예쁜 하우를 보면 한번 꽉 끌어안고 싶은데 그 마음은 속에서만 활활 타고 꺼지지 않는 화산이었다.

'하필 영감이 그렇게 싫어하는데…….'

허당이 왜 갑자기 무뚝뚝해졌는지를 모르는 하우는

어떻게든지 허당이 말하게 하려고 스마트 폰에 떠있는 재미있는 유머를 이렇게 읽었다.

누구나 행복한 삶으로 역전할 수 있다.

길을 가는 사람에게 묻는다.

"혹시 사는 이유 아세요? 행복하기 위해서?"

바보처럼 다시 한 번 물어본다.

"가장 원하는 게 뭐예요?"

돌아온 대답.

"아따, 행복이라니까 그러네!"

이 세상에 존재하는 모든 사람의 키워드는 아마도 행복일 것이다. 그러나 행복은 볼 수도 없고 만질 수도 없다.

하는 일마다 꼬이기만 하는 어떤 사람이 터프하게 행복을 불러본다.

"야, 행복! 이 빤질이 녀석, 왜 나만 살금살금 비켜가는 거냐?"

최첨단 마이크로 목청 높여 불러 봐도 행복은 무소식.

고성능 현미경으로 하루 종일 째려보아도 행복은 나타나지 않는다. 하지만 우리는 분명히 느낀다. 충분히 촉감한다.

붉은 와인처럼 섹시하게

우리를 도취시키는 행복의 입술

하얀 구름처럼 포근하게 우리를 껴안아주는 행복의
심장……

"여기 행복 한 접시만 주세요!"

"이 주소로 행복 1킬로그램만 배달해 주세요!"

"여보세요, 나에게 당신의 행복 5분만 꿔줄래요?"

제아무리 가까운 친구, 부모, 부부 사이라도 이런
말은 할 수 없다. 그래서 행복은 매혹적인 것.

살 수도 없고 팔 수도 없는 비매품,

뛰어난 과학자가 아니어도 누구나

마음만 먹으면 생산해낼 수 있는 자가 발명품이다.

당신의 삶이 고통스러울수록 힘든 일이 많을수록
행복 발명가가 될 확률은 높다. 인생 역전에 도전할
기회가 많다.

불평불만하고 살기에 시간이 너무 아깝다.

과감하게 뜯어 고쳐 인생을 신장개업하자.

절망을 희망으로 그래서 행복한 삶으로 인생 역전
하자!

— 당신의 인생을 역전시켜라 중에서 —

하우는 이렇게 읽고 허당의 대답을 기다렸다.

그러나 이렇게까지 해도 허당은 허당이었다.

"허당 씨, 내가 읽은 문자 재미있지 않아요?"

"……."

"허당 씨, 여기 행복 한 접시만 주세요."

허당은 그 말이 재미있어 네에 하고 싶었지만 굳은 결심에 못질을 했다.

'참자. 참는 자에게 복이 있나니 천국이 저의 것이라고 했다. 이렇게 인생을 배우는 거다.'

하우가 카카오 톡 구절을 또 끌어들였다.

"여보세요, 나에게 당신의 행복 5분만 꿔줄래요?"

허당은 5분만 꾸어주는 게 아니라 자기 인생 전부를 남김없이 주고 싶었다. 그러나 입에 잭을 채웠다. 마음씨 고운 하우는 여전히 다른 문자를 되뇌며 예쁜 소리만 했다.

"야, 행복! 이 빤질이 녀석, 왜 나만 살금살금 비켜가는 거냐?……허당 씨, 정말 빤질이가 되신 거예요?"

"……."

"허당 씨, 나 화내고 싶어. 받아주실래요?"

허당은 속으로 대답했다.

'하우두유두, 아무리 화내도 내 가슴엔 다 받아 줄 자리가 있쥬.'

그러나 마음에 숨은 비밀은 병뚜껑에 갇힌 90도도 넘는 독주가 되었다. 하우한테는 참 미안하지만 어쩔 수 없다고 생각하며 하우가 들고 있는 주문서를 받아 들고 책을 찾으러 자리를 떴다. 하우는 순진한 아기처럼 재미있다는 듯 재잘거리며 뒤를 따랐다.

"허당 씨, 그 책이 있는 데를 다 아신다고요?"

허당은 대답이 없고 아래층에서 하필이가 외치는 소리만 올라왔다.

"저것들이 뭣들 하는 겨? 아직도 안 내려오고 뭘 혀?"

하우가 대답했다.

"주문서에 있는 책 찾고 있어."

"그만 찾고 빨리 내려와."

하우가 돌아서서 아래층으로 내려갔다. 등 뒤에서 바라보는 허당의 가슴은 불꽃이 꺼지는 기분이었다. 혼자 주문서에 있는 책을 다 찾아 정리하여 내려놓고 집으로 발길을 돌렸다. 입을 꼭 다문 결심은 성공이지만 가슴 밑바닥에 뻥 뚫린 구멍, 허당은 무엇으로도 채울 길 없는 쓰라린 구덩이였다.

'꼭 그래야 하는가?'

다음 날 아침 책 곳간을 향해 가면서 허당은 마음을 바꾸었다.

'입 다물고 사는 건 죽은 거나 마찬가지여. 내가 이렇게 답답한데 하우는 어떻겠어. 하우를 위해 건성으

로라도 좋아하는 척해야 하우가 기분 상하지 않을 거 구면.'

이렇게 생각하고 나니 막힌 가슴이 뻥 뚫린 기분이 었다. 한편 하필이는 딸이 허당이한테 마음을 두면 안 된다는 것과 허당이 하우를 좋아하면 안 된다는 것을 단단히 일러두고 싶어서 이렇게 못 박았다.

"오늘은 일찍 왔구면. 날마다 책 나누어주고 돈하고 바꾸어 오는 건 좋은디 우리 하우한테 정은 절대 주면 안 되어."

허당도 단호히 대답했다.

"알았슈. 걱정은 땅속에 묻고 지내시유."

"고마워 허당이. 내가 책 열 권 골고루 묶어 놓았으 니께 잽싸게 갔다 와서 국자네 화단 가꾸러 가봐."

허당은 하필이 묶어 놓은 책을 들고 정거장으로 나 갔다. 사람들한테 책을 나누어주다 보니 고서가 들어 있었다. 그래서 고서를 누구한테 주면 좋을까 생각하 는데 마침 점잖게 생긴 신사분이 벤치에 앉아 차 시간 을 들여다보고 있었다.

"손님, 지루하시지유?"

"예, 지우하네요."

"이 책을 손님한테 드리고 싶은데 받아주실래유?"

"거저 주겠다는 말씀인가요?"

"야. 거저 드릴게유."

신사분은 책을 들여다보다가 눈을 휘둥그렇게 뜨고
물었다.

"이 책을 저한테 거저 주신다고요?"

"야, 거저유."

신사분은 진지하게 물었다.

"젊은이, 이 책 어디서 나셨소?"

"그런 건 왜 물으신대유."

"이 책 내가 돈 주고 사고 싶은데 괜찮겠소?"

"그냥 드리는 거유. 거저 가지셔유."

"이렇게 귀한 책을 거저 받을 수는 없지요. 얼마나
드리면 되겠소?"

"거저유. 공짜라니깐유."

"농담하지 마시오. 내가 공짜라고 이 귀한 책을 거
저 받을 것 같소? 책값을 내가 쳐서드리겠소."

"공짠대유 뭘……."

신사분이 지갑에서 5만 원짜리 10장을 꺼내주면서
말했다.

"약소하지만 거저라고 하시니 이렇게 쳐드리겠소.
괜찮겠소?"

"괜찮은 정도가 아니지유."

"하나 더 물어봅시다. 이 책 어디서 나셨소?"

"제가 일하는 책 곳간에서 가져왔지유."

"이런 책 또 구해 올 수 있소?"

"야. 얼마든지 있지유."

"농담 아니오. 내일 아침에 뭐든지 이런 책을 가지고 나오시오."

"야. 고맙구먼유."

신사분은 차에 올랐고 책을 들여다보던 사람들이 모두 만원씩을 내놓고 떠났다. 오늘은 59만원이 손에 들어왔다. 그걸 하필이한테 가져다주었더니 하필이 놀라서 물었다.

"허당이, 이 큰 돈 누구한티 슬쩍한 거 아녀?"

"저를 뭘로 보고 하시는 말씀이래유?"

"뭘로 본 게 아니고. 놀라서 한 소리니께 노여워 마."

이때 국자가 소리도 없이 와 들어서다 그 소릴 듣고 물었다.

"아니, 뭔 소릴 혔길래 허당 총각한티 빌어?"

하필이 대답했다.

"빌기는 뭘 빌었다는 겨. 우리끼리 해 본 소려. 허당이 델러 왔지?"

"눈치 한번 빠르구먼, 나 허당 총각 델고 갈라우."

하필은 얼씨구나 하고 대답했다.

"잘 생각혔어. 당장 델려가."

국자가 허당을 보고 말했다.

"우리 집 꽃밭에 일났어. 가서 봐 줘 총각."

"예? 무슨 일인가유? 그럼 도와드려야지유."

하필이 잘 되었다 싶어 큰소리로 말했다.

"허당, 빨리 가 봐아. 뭔일 났는가벼."

허당이 국자를 따라 화단으로 갔다. 국자가 꽃밭 옆 멍텅구리 의자에 깡통 사이다를 차려 놓고 말했다.

"허당 총각, 이거 하나 따서 목축이고 야기 좀 햐."

그리고 자기도 하나를 따서 마시며 물었다.

"이 꽃밭을 보고 있으면 허당이 생각이 나고 언젠가는 이 화단 주인을 허당이 것으로 만들어 주고 싶은디 우뗘? 우리 윤달이도 저 꽃마냥 이쁘지?"

"야."

대답은 그렇게 했지만 진심을 말한 것은 아니었다. 그 순간에도 백일홍 빨간 꽃 속에서 하우 웃는 얼굴이 보였다.

"허당 총각, 우리 윤달이가 까칠하게 굴지만 속은 여린 천사여. 내가 잘 아는디 그런 애는 총각 같은 사람허고 딱 어울리는 아이여."

이때 어디를 갔다 오는지 윤달이가 들어오다 그 소리를 듣고 팩 돌아서서 쏘아붙였다.

"엄마! 내 맘을 그렇게 몰라?"

"네 맴이 우떤디?"

"몰라, 몰라 난 저런 인물 노굿이야!"

윤달이 제 방으로 들어갔다. 국자가 안달이 나서 허당을 위로했다.

"허당 총각, 섭히 생각 마. 저 애가 저러는 건 속 다르고 겉다르다니께. 이해허지?"

"야."

"고마워, 사람은 허당마냥 너그러워야 하는 건디."

허당은 사이다도 안 들고 일어서서 책 곳간으로 갔다. 언제 왔는지 하우가 기다렸다는 듯이 들고 있던 주문장을 내보였다.

"허당 씨, 경사예요. 경사. 주문이 줄줄이 몰려들어요."

가까이서 그 소리를 들은 하필이 다가오며 한마디.

"하우야, 넌 나한테 먼저 알려야지 허당이 뭐라고 개한테 먼저 이러쿵저러쿵 하는 겨?"

"이런 책을 찾는 데는 아빠보다 허당 씨가 더 빠르니까. 그렇지요? 허당 씨?"

허당이 웃는 눈으로 대답했다.

"아무래도 아버님헌티 먼저 말씀드렸어야쥬."

이 한 마디에 하우는 가슴이 벅차고 기뻤다. 오늘도

허당이 아무 말을 하지 않으면 어쩌나 걱정했는데 이렇게 예의 바르게 말하는 소리가 그렇게 고맙고 귀여울 수가 없었다.

"허당 씨, 고마워요."

그 소릴 들은 하필이 얼굴을 딸한테 돌려대고 물었다.

"허당이 뭐가 고맙다는 겨?"

"그런 게 있어, 아빠."

"그게 뭔 소려?"

"아빠는 알 필요 없어. 그렇지요 허당 씨?"

하필이 그냥 물러설 인물이 아니다.

"느덜이 무슨 짓을 한 겨? 솔직히 말혀."

허당이 대답했다.

"제가요, 어저께 기분이 나빠서 하우 씨가 묻는 말에 대답을 안 했는디……."

하필은 성질이 난 듯 닦달했다.

"뭔 소릴 허는 겨? 하우가 뭘 물었간디?"

하우가 대답했다.

"내가 국자 아줌마네 가서 뭘 먹었느냐고 물었는데 대답을 안 해서 그런 거야."

하필이 반가워서 속마음을 털어 놓았다.

"그려? 국자가 쟈를 을매나 좋아하는지 모르니께 뭐든 아주 맛난 거 먹였겄지. 그러니 대답하기 거시기해서 그

랬을 겨. 쟈도 국자 딸이 예쁘니께 눈독 들일만 혀."

하필이는 기회만 있으면 하우가 허당한테 마음을 주지 않게 하려고 아무 말이나 해댔다. 그 속을 빤히 들여다보고 있는 하우는 다른 말을 했다.

"허당 씨, 이 주문서 오늘 다 찾아 놓아야 해요. 아셨죠?"

"찾는 데까지 찾아 봐야쥬. 요새같이 책이 안 팔리는 마당에 이런 주문서는 롯또쥬."

"호호호, 로또, 맞아요. 로또예요."

허당은 아무렇지도 않은 듯이 주문서를 가지고 이층으로 올랐다. 그 뒤를 하우가 따라 가려 하자 하필이 잡았다.

"야야, 너 철없이 굴지 마. 남자라고 다 남자가 아녀. 남자 소심혀. 허당이 같은 사람은 국자 딸과 어울리는 사이여."

"알았어 아빠. 아무 염려 마셔. 내가 누군데!"

(다음 호 계속)

심혁창

* 「아동문학세상」 등단
* 장편동화 「투명구두」, 「어린공주」 외 50권
* 한국문인협회, 사)한국아동청소년문학협회 회원
* 한국크리스천문학상, 국방부장관상, 아름다운글 문학상 수상 현) 도서출판 한글 대표

99

어 머 니

seok

이 글은 6.25수난기 출판을 위
하여 자료를 구하던 중 감동적인
증언을 카톡에서 보게 되어 작자
님의 양해도 구하지 않고 있는 그
대로 맨 앞에 올렸던 것입니다. 글
을 쓰신 분의 양해를 구합니다.

내가 영리하고
똑똑하다는 우리 어머니!
내가 초등학교 6학년 때
6.25전쟁이 났다.
아버지는 내 머리를 쓰다듬으며,
"어머니 말씀 잘 듣고 집 지키고 있어."
하시고는 한강을 건너 남쪽으로 가셨다.
그 당시 내 여동생은 다섯 살이었고,
남동생은 젖먹이였다.
인민군 치하에서 한 달이 넘게 고생하며 살아도
국군은 오지 않았다.
어머니는 견디다 못해서

아버지를 따라 남쪽으로 가자고 하셨다.
우리 삼 형제와 어머니는 보따리를 들고
아무도 아는 이 없는 남쪽으로 향해 길을 떠났다.
1주일 걸려 겨우 걸어서 닿은 곳이
평택 옆 어느 바다가 조그마한 마을이었다.
인심이 사나워서 헛간에도 재워 주지 않았다.
우리는 어느 집 흙담 옆 골목길에 가마니
두 장을 주어다 펴 놓고 잤다.
어머니는 밤이면 가마니 위에 누운 우리들 얼굴에
이슬이 내릴까 봐 보자기를 씌워 주셨다.
먹을 것이 없었던 우리는 개천에 가서
작은 새우를 잡아
담장에 넝쿨을 뻗은 호박잎을 따서
죽처럼 끓여서 먹었다

3일째 되는 날,
담장 안집 여주인이 나와서
"(우리가)호박잎을 너무 따서
호박이 열리지 않는다.
다른 데 가서 자라!" 하였다.

그날 밤 어머니는 우리를 껴안고 슬피 우시더니

우리 힘으로는 도저히 남쪽으로 내려갈 수 없으니
다시 서울로 가서 아버지를 기다리자고 하셨다.
다음 날 새벽 어머니는
우리들이 신주처럼 소중하게 아끼던 재봉틀을 들고
나가서 쌀로 바꾸어 오셨다.
쌀자루에 끈을 매어 나에게 지우시고
어머니는 어린 동생과 보따리를 들고
서울로 다시 돌아오게 되었다.

평택에서 수원으로 오는 산길로 접어들어
한참을 가고 있을 때였다.
30살쯤 되어 보이는 젊은 청년이
내 곁에 붙으면서
"무겁지? 내가 좀 져 줄께!"
하였다. 나는 고마워서
"아저씨, 감사해요."
하고 쌀자루를 맡겼다.
쌀자루를 짊어진 청년의 발길이 빨랐다.
뒤에 따라 오는 어머니가 보이지 않았으나,
외길이라 그냥 그를 따라 갔다.
한참을 가다가 갈라지는 길이 나왔다.
나는 어머니를 놓칠까 봐

"아저씨, 여기 내려 주세요! 어머니를 기다려야 해요."
하였다.
그러나 청년은 내 말을 듣는 둥 마는 둥
"그냥 따라와!"
하고는 가 버렸다.
나는 갈라지는 길목에 서서 망설였다.
청년을 따라 가면 어머니를 잃을 것 같고
그냥 앉아 있으면 쌀을 잃을 것 같았다.
당황해서 큰 소리로 몇 번이나
"아저씨! 아저씨!"
하고 불렀지만, 청년은 뒤도 돌아보지 않았다.
나는 그냥 주저앉아 있었다.
어머니를 놓칠 수는 없었다.

한 시간쯤 지났을 즈음
어머니가 동생들을 데리고 오셨다.
길가에 울고 있는 나를 보시더니 첫 마디가
"쌀자루는 어디 갔니?"
하고 물으셨다.
나는 청년이 져 준다더니 쌀자루를 지고
저 길로 갔는데, 어머니를 놓칠까 봐
그냥 앉아 있었다고 했다.

순간 어머니의 얼굴이 창백하게 변했다.
그리고 한참 있더니 내 머리를 껴안고,
"내 아들이 영리하고 똑똑해서 에미를 잃지 않았네!"
하시며 우셨다.

그날 밤 우리는 조금 더 걸어가
어느 농가 마루에서 자게 되었다.
어머니는 어디에 가셔서 새끼손가락만 한
삶은 고구마 두 개를 얻어 오셔서 내 입에
넣어 주시고는,
"내 아들이 영리하고 똑똑해서 아버지 볼 낯이 있지!"
하시면서 우셨다.
그 위기에 생명줄 같았던 쌀을 바보같이
다 잃고 누워 있는 나를,
'영리하고 똑똑한 아들'이라고 칭찬해 주시더니!

그 후 어머니에게 영리하고 똑똑한
아이가 되는 것이
내 소원이었다.
내가 공부를 하게 된 것도 결국은
어머니에게 기쁨을 드리고자 하는 소박한 욕망이
그 토양이었음을 고백하지 않을 수 없다.

어느 때는 남들에게 바보처럼 보일 수도 있었지만,
어머니의
'바보처럼 보이는 나를' 똑똑한 아이로
인정해 주시던 칭찬의 말 한 마디가
지금까지 내 삶을 지배하고 있는 정신적
지주였다.

이 글 속의 '어머니'는
시인 박목월님의 아내십니다.
절박하고 절망적인
상황 속에서도 야단이 아니라 칭찬을
해 줄 수 있는 어머니!
그런 어머니의 칭찬
한 마디가 우리 아이들의 인생을
아름답게 변화시켜 주리라 믿습니다.

오늘따라 어머님을 불러보고 싶네요
얼마나 아프셨는지요?   =seok=

홀로코스트(11)

교수대 소년의 죽음

수용소 정문이 열렸다. 그리고 반(半) 소대 병력의 친위대가 들어와 모두를 에워쌌다. 그들은 각각 3보의 간격을 유지하고 망대 초소의 기관총들은 일제히 집합장 쪽을 겨냥했다.

"저들은 우리를 두려워하고 있는 거야."

줄리에크가 속삭였다.

친위대원 두 명이 감방으로 가더니 사형수 한 사람을 사이에 끼고 돌아왔다. 그는 바르샤바 태생의 소년으로 수용소 생활을 3년이나 한 사람이었다. 그는 썩 체격이 좋은 편으로 나와 비교하면 거인이었다.

소년은 등을 교수대에 기대고 얼굴을 재판장인 수용소 소장을 향한 채 세워졌다. 그의 얼굴은 창백했다. 그러나 두려워한다기보다는 들떠 있는 것 같았다. 수갑이 채워진 그의 두 손은 떨리지도 않았다. 소년은 그를 둘러싸고 있는 수백 명의 친위대원들과 수천 명의 재소자들을 싸늘한 눈길로 응시하고 있었다.

소장이 그에 대한 판결문을 한 구절씩 또박또박 읽어갔다.

"히믈러의 이름으로……. 수감 번호……. 공습경보 중 절도행위……. 법에 따라……. 항(項)……. 수감번호……. 사형을 선고함. 이 판결이 모든 재소자들에게 하나의 경고와 본보기가 되기를 바란다."

아무도 움직이지 않았다. 엘리위젤은 심장이 뛰는 소리를 들었다. 아우슈비츠와 비르케나우의 화장장에서 매일매일 죽어간 수천수만 명의 죽음에 대해서 엘리위젤은 이 괴로움 따위는 느끼지 않고 있었다. 그러나 교수대에 등을 기대고 있는 이 사람 그는 사뭇 엘리위젤은 압도하고 있었다.

줄리에크가 속삭였다.

"이 사형집행식이 곧 끝나리라고 생각하니? 난 배고파 죽겠다."

소장의 명령에 따라 간수가 사형수에게 다가갔다. 재소자 두 사람이 사형수에게 주어지는 수프 두 그릇을 비우도록 도왔다.

간수가 사형수의 눈을 붕대로 가리려고 했지만 그는 거절했다. 한참 동안 기다린 후에 사형집행관이 사형수의 목에 밧줄을 걸었다. 집행관이 죄수의 발밑에 있는 의자를 끌어내라고 조수들에게 막 신호를 보내려는 찰나였다. 사형수가 돌연 침착하면서도 우렁찬 목소리로 외쳤다.

제1수용소 집단 교수대

"자유 만세! 독일에 저주 있으라! 저주 있으라! 저주……."

사형 집행관들의 임무는 끝났다.

한 마디 명령이 칼날처럼 허공을 갈랐다.

"탈모!"

만 명의 재소자들이 마지막 경의를 표했다.

"착모!"

모든 재소자들은 막사별로 행군해 돌아가는 길에,

방금 교수형을 당한 소년의 앞을 지나면서 그의 흐릿한 두 눈과 축 늘어진 혀를 바라보지 않으면 안 되었다. 간수들과 내무반장들이 죽은 소년의 얼굴을 똑바로 지켜보도록 모든 재소자에게 강요했기 때문이었다.

특별히 강요된 그 날의 행군이 끝난 후에야 모두는 막사로 돌아와 식사를 할 수 있었다.

교수형 장면도 여러 번 목격했지만 그들 가운데 우는 사람은 한 사람도 없었다. 오랜 세월 지치고 말라비틀어진 육신들은 쓰라린 눈물마저 잃어버린 것이다.

그러나 예외가 한 번 있었다. 제 52전선(電線) 작업반의 간수장은 네덜란드 사람이었는데 거인으로 키가 6피트를 넘었다. 그가 감독하는 재소자는 7백 명에 이르렀다. 그리고 그들 재소자들은 모두 그를 형제처럼 좋아했다. 누구 한 사람 그에게서 구타를 당한 사람이 없었으며 그에게서 모욕적인 말 한 마디 들은 사람이 없기 때문이었다.

그도 수용소에서 흔히 '아기'라고 부르는 어린 소년을 하나 데리고 있었다. 그 소년은 이 수용소에서 지금껏 볼 수 없었던 우아하고 아름다운 얼굴을 가지고 있었다.

부나에서는 재소자들이 '아기'들을 아주 싫어했다.

'아기'들은 흔히 어린이들보다 더 잔인했다. 언젠가 열세 살 먹은 '아기'를 침대를 단정하게 정돈하지 않았다고 자기 아버지를 구타하는 것을 본 적이 있었다. 늙은 아버지가 말없이 울고 있는 동안 '아기'는 이렇게 고함을 지르고 있었다.

"당장 울음을 그치지 않으면 이제부턴 빵을 갖다 주지 않겠어요. 알겠어요?"

그러나 그 네덜란드인의 어린 몸종은 모든 사람의 사랑을 받았다. 그의 얼굴은 슬픈 천사의 얼굴 같았다.

어느 날, 부나에 있는 발전소가 폭파되었다. 비밀경찰이 소집되어 조사한 결과, 사보타주의 혐의가 드러나고 단서가 잡혔다. 경찰은 네덜란드인 간수장을 범인으로 지목했다. 그리고 현장을 수색한 끝에 다량의 무기도 적발됐다.

간수장은 즉각 체포되었다. 그리고 일주일 동안 고문을 받았다. 그러나 허사였다. 관련자 이름을 한 사람도 대지 않았다. 그는 아우슈비츠로 이송되었다. 그 후 모두는 그의 소식을 듣지 못했다.

그러나 그의 어린 몸종은 수용소에 남아 감옥에 수감되어 있었다. 소년도 고문을 받았으나 역시 입을 열지 않았다. 친위대는 무기 소지죄로 체포된 다른 두 사람의 재소자와 함께 소년에게 사형을 선고했다.

어느 날, 모두가 작업장에서 돌아왔을 때, 모두는 집합장에 세 마리의 까마귀처럼 세워져 있는 세 개의 교수대를 보았다. 언제나처럼 점호가 있은 다음, 친위대원들이 재소자들을 에워싸고 기관총을 겨누는 가운데 판에 박힌 사형집행의 격식이 벌어졌다. 쇠사슬에 묶인 세 사람의 희생자 그 가운데 어린 몸종인 그 소년은 슬픈 눈을 가진 천사였다.

친위대원들은 여느 때에 비해 더 다급하고 불안해 보였다. 수천 명의 목격자 앞에서 어린 소년의 목을 매다는 것은 결코 쉬운 일이 아니었기 때문이다. 소장이 판결문을 읽었다. 모든 사람의 눈길이 소년에 쏠렸다. 소년의 얼굴은 납처럼 창백했으나 입술을 꼭 깨문 채 침착성을 잃지 않고 있었다. 교수대의 그림자가 소년 위에 드리워져 있었다.

이번에는 수용소의 간수장이 사형집행인이 되기를 거부했으므로 세 명의 친위대원이 대신 집행했다.

세 사람은 동시에 의자 위로 올라갔다.

세 사람의 목은 동시에 올가미에 끼워졌다.

어른 두 사람이 외쳤다.

"자유 만세!"

그러나 소년은 침묵했다.

이때 누군가 뒤에서 묻는 것이었다.

"하나님은 어디 있는가? 그분은 어디에 계시지?"

소장의 신호에 따라 세 개의 의자가 쓰러졌다.

수용소 전체가 정적으로 감싸였다. 지평선 너머로 해가 지고 있었다.

"탈모!"

소장이 고함을 쳤다. 목소리가 쉬어 있었다. 모두는 울고 있었다.

"착모!"

그러고는 세 희생자의 앞을 지나는 분열식이 시작되었다. 두 어른은 이미 숨이 끊어져 있었다. 그들의 길게 늘어진 혀는 팅팅 부었고 색깔도 변해 있었다. 그러나 세 번째 밧줄은 아직도 움직이고 있었다. 몸이 가벼웠으므로 소년은 아직 살아 있었던 것이다……

소년은 눈앞에서 반시간 이상이나 그대로 매달린 채 삶과 죽음의 길에서 몸부림치며 단말마의 고통 속에서 서서히 죽어갔다. 모두는 소년의 얼굴을 똑바로 바라보아야만 했다. 엘리위젤이 그 앞을 지날 때도 아이는 살아 있었다. 혀는 빨갛고 눈도 아직 흐리지 않았다. 등 뒤에서 아까 그 사람이 다시 묻는 소리를 들었다.

"하나님은 지금 어디 있는가?"

그 순간 엘리위젤은 내부에서 이렇게 대답하는 목

소리를 들었다.

"어디 있느냐고? 그는 여기에 있어. 그는 여기 교수
대 위에 목이 매달려 있는 거야……"

그 날 밤의 수프 맛은 송장 맛이었다.

하나님 보고만 계시렵니까?

여름이 끝나가고 있었다.

유대력으로는 한 해가 거의 저물고 있었다. 저주받
은 그 해의 마지막 날인 '로쉬 하샤나'(Rosh Hashanah)
의 저녁에는, 수용소 전체 재소자들의 심리상태와 마
찬가지로 사뭇 긴장되고 있었다. 모든 것을 무시한다
해도 이날만은 다른 날과는 달랐다. 한 해의 마지막
날. 이 '마지막'이라는 낱말은 아주 이상하게 들렸다.
만일 그것이 정말 마지막 날이라면 어떻게 하겠는가?

모두는 저녁 식사로 아주 걸쭉한 수프를 배식 받았
다. 그러나 누구 하나 입을 대지 않았다. 모두는 기도
가 끝날 때까지 기다리고 싶었다. 전기철조망으로 둘
러쳐진 집합장에는 침묵하는 수천 명의 유대인들이 상
처받은 표정으로 모여들었다.

밤이 다가오고 있었다. 모든 막사로부터 재소자들
이 무리를 지어 모여들었다. 그 기세는 마치 갑자기
시간과 공간을 정복하여 그것들을 자신들의 의지로 굴
복시킬 수 있다는 것을 과시하는 것 같았다. 엘리위젤

은 분노했다.

'나의 하나님, 당신은 무엇입니까? 당신에게 저들의 신앙과 저들의 분노와 저들의 반항심을 나타내고 있는 저 고통 받는 무리에 대해 당신은 무엇입니까? 이 모든 와해와 부패 앞에서 우주만물의 주인 당신의 전지 전능함은 무슨 의미가 있습니까? 무엇 때문에 아직도 저들의 병든 마음과 육신에 고통을 주십니까?'

만 명의 재소자들과 함께 내무반장들, 간수들, 죽음의 관리들이 그 엄숙한 예배에 참여하기 위하여 모였다.

"하나님을 찬미할지어다……."

사제의 목소리가 간신히 들려왔다. 처음에는 그것이 바람 소리 같았다.

"하나님의 이름을 찬미할지어다!"

수천 명의 목소리가 감사기도를 되풀이했다. 수천 명의 사람들이 폭풍우 앞의 나무처럼 땅에 엎드렸다.

"하나님의 이름을 찬미할지어다!"

왜 하나님을 찬미해야 한단 말인가? 하나님은 수천 명의 어린이들을 구덩이 속에 던져 넣어 불태워 죽이지 않았는가? 하나님은 주일과 축일에도 밤낮으로 여섯 개의 화장장에서 화장을 계속하게 하지 않았는가? 하나님은 그 전능한 힘으로 아우슈비츠와 비르케나우와 부나, 그리고 그 밖의 수많은 살인공장들을 창설하지 않았는가? 그런데도 어떻게 하나님께 그렇게 말할 수 있단 말인가?

"여러 민족 가운데서 우리를 선택하시어 밤낮으로 고문을 당하게 하시고, 우리의 아버지, 우리의 어머니, 우리의 형제들이 화장장에서 최후를 마치는 광경을 보게 하신, 영원한 우주의 주이신 하나님을 찬미합시다. 우리를 선택하시어 당신의 제단을 위해서 학살당하게 하신 하나님의 거룩한 이름을 찬양합시다."

사제자의 목소리는 점점 높아지고 있었다. 그러나 목소리가 높아지면 높아질수록 전체 회중의 눈물과 흐느낌과 탄식 속에 묻혀버리는 것이었다.

"모든 땅과 우주 만물은 하나님의 것!"

사제가 말은 그렇게 하면서도 그가 한 말의 뜻을 찾아낼 힘이 없다는 듯 간간이 말을 중단했으며, 그 가락이 목안에 잠겨 버리곤 했다.

엘리위젤은 이렇게 생각했다.

'그렇다. 인간이야말로 하나님보다 훨씬 강하고 위대하다. 하나님, 당신은 아담과 이브에게 속임을 당했을 때 그들을 낙원에서 추방했다. 노아의 세대가 당신을 불쾌하게 했을 때, 당신은 그들을 홍수로 다스렸다. 소돔이 당신의 눈에 들지 않게 되자, 당신은 불과 유

황비를 내렸다. 그러나 이 사람들, 당신이 배신한 이 사람들, 당신이 고문당하고, 학살당하고, 독가스를 마시고서 불에 타 죽게 내버려둔 이 사람들, 이 사람들은 무엇을 해야 하는가? 그들은 지금 당신에게 기도를 하고 있다! 그들은 지금 당신의 이름을 찬미하고 있다!'

"모든 피조물은 하나님의 전지전능함을 찬미하도다!"

옛날에는 새해 아침이, 새해의 첫날이 인생을 지배했었다. 자기의 범죄가 하나님을 슬프게 한 것을 알고 그의 용서를 간구했었다. 옛날에 행동 하나하나에 세계의 구원이 달려 있다고 굳게 믿었었다. 그러나 지금은 간청하기를 포기해야 했다.

더 이상 슬픔에만 잠겨 있을 수 없었다. 모두는 원고였고 하나님은 피고였다. 거기에는 사랑도 자비도 없었다. 다른 어떤 것보다도 재가 되기만을 기다렸다.

(다음호 계속)

김홍성 편

가장 무서운 미신은 과학자들이 '인간은 신앙 없이도 살 수 있다'고 오신(誤信)하게 하는 것이다.

어느 시대나 인간은 어디서 와서 어디로 가는지에 대한 문제와 최종적 삶의 목적이 무엇인가를 알려고 노력해 왔고 그에 대한 답을 듣고자 했다. 그래서 종교는 인간을 인도하여 공통된 대법(大法)을 가르쳐 주려는 목적을 갖게 되었고 하나의 공통된 근원, 하나의 공통된 인간 문제, 공통된 궁극적인 목적을 가지는 모든 인간을 형제와 같이 결합시키려 했고 모두를 사랑해야 한다는 원리를 밝혀 주는 진리로 나타난 것이다.

― 마도지니

진실한 종교는 육신의 삶을 둘러싸고 있는 무한한 정신에 대한 다음과 같은 관계이다. 즉 인간 생활을 그 무한한 것과 결합시켜 내면적 행위를 인도하는 그런 관계이다. 모든 종교의 본질은 왜 내가 생존하고 있는가? 그리고 나를 에워싸고 있는 무한의 세계와 나와는 어떠한 관계가 있는 것일까? 라는 질문에 대한 답변으로만 성립된다. 현명한 것에서부터 어리석은 것에 이르기까지 무릇 어떠한 종교든 그 근저에는 인간을 둘러싸고 있는 세계와 인간의 근본을 파악하고 그 관계를 알아내려는 진리에 대한 마음이 있다.

종교는 신의 계시에 관한 특별한 연구내용보다도 (왜냐하면 그것은 종교학이라고 해야 할 것이니까) 신의 명령으로서의 보편적인 모든 의무의 내용이 종교를 이루는 것이다. ─ 칸트

사람이 마땅히 해야 할 바는 조물주 하나님의 뜻을 따라 그의 선의(善義)를 완성시키는 데 있다. 사람은 각자가 하나님이 준 달란트(재주, 기술 등)와 임무를 가지고 신성한 의무에 참여한다. 그러나 사람은 그 신성한 의무의 목적이 어디에 있는지를 잘 모른다. 그래서 그 의무에 대한 참여가 어떤 의미를 갖는지도 모른 채 그저 따라가려 한다. 그러면서 늘 왜 자신이 그것을 해야 하느냐? 하는 의문을 가지고 산다.

불을 붙이고도 불씨를 살리는 힘이 없다면 그것을 끄는 힘도 없을 것이다.

건전한 지혜의 법칙을 아는 자는 그것을 사랑하는

자만 못하고 그것을 사랑하는 자는 그것을 행하는 자
만 못하다.— 중국 격언

　선한 사람은 남을 의심하기 전에 먼저 돕는다. 그러
나 악한 사람은 착한 사람을 다른 사람에게서 떼어놓
으려고 계략을 짠다.— 중국 속담

　인간에게는 누구나 인생의 짐이 있고 그 만의 결점
이 있다. 그래서 누구도 남의 도움 없이 살아갈 수가
없다. 그러므로 서로가 위로하고 충고하며 돕지 않으
면 안 된다.

　우리가 살고 있는 사회 조직의 힘은 천 명의 사람이
공동으로 일해서 천 명이 사용할 양만큼만 얻는 것이
아니라 훨씬 더 그 이상의 많은 것을 생산할 수 있다.
그러나 그것을 위하여 9백 99명의 사람이 오직 한 사
람의 노예가 되어서는 안 된다.— 헨리 조지

　유덕한 사람은 부덕한 사람의 스승이다. 부덕한 사
람은 유덕한 사람에게 배워야 한다. 스승을 존경하지
않고, 배움을 받아야 할 사람을 경시하는 자는 아무리
영리한 척해도 실수는 누구에게나 따른다.— 노자

우리가 알 수 있는 옛 시대부터의 모든 인류사는 대다수와 합일(合一)에 대한 끊임없는 인류의 운동이다. 이 합일은 온갖 종류의 수단으로 이루어진다. 그리하여 이 합일을 위해서는 그것을 위해 힘쓰는 사람들뿐 아니라 반대로 배반되는 사람들에게까지도 봉사해야 한다.

사람들이 가득 차 있는 건물에서 어떤 사람이 거짓말로 '불이야!' 하고 외친다면 그곳에는 혼란이 일어나 수많은 사상자가 날 것이다. 거짓말이 주는 해독은 이렇듯 엄청나다. 그러나 때때로 거짓말 때문에 상하는 사람이 많아도 눈에 띄지 않아 보지 못할 경우가 많다. 거짓말의 해독이 크다는 것을 한시도 잊어서는 안 된다.

김홍성

여의도순복음교회 22년 시무
기독교하나님의 성회 교단총무
현) 상록에벤에셀교회 담임목사

유명한 인물들의 유언

에드워드의 묘비

백년 전쟁 때 영국의 태자였던 에드워드의 묘비에는 다음과 같은 글이 있다.

"지나가는 이여! 나를 기억하라! 지금 그대가 살아 있듯이 한때는 나 또한 살아 있었노라! 내가 지금 잠들어 있듯이 그대 또한 반드시 잠들리라."

알렉산더대왕

유럽을 정복한 알렉산더대왕은 다음과 같은 유언을 남겼다.

"내가 죽거든 나를 땅에 묻을 때 손을 묘 밖으로 내놓아라. 천하를 손에 쥐었던 알렉산더도 떠날 때는 빈손으로 갔다는 것을 이 세상 모든 사람들에게 알려주기 위함이다."

엘리자베스 1세

유명한 헨리 8세의 딸로서 왕위에 오른 엘리자베스 1세는 어려운 여건 속에서 훌륭한 정치수완을 발휘해 영국의 왕정을 반석에 올려놓았다. 그러나 그 역시 묘비명에는 다음과 같은 짧은 말을 남겼다.

"오직 한 순간 동안만 나의 것이었던 그 모든 것들!!"

여성 작가 제인 로터

몇 년 전 시애틀타임스는 61세의 나이로 세상을 떠난 여성 작가 제인 로터의 부고를 실었는데 이 부고를 쓴 사람은 바로 작가 자신이었다. 그는 "삶이란 선물을 받았고 이제 그 선물을 돌려주려 한다."면서 남편에게 쓴 유언에 "당신을 만난 날은 내 생에 가장 운 좋은 날이었다."고 했다. 죽음 앞에서도 의연하고 살아있는 사람을 배려하는 모습이 감동을 준다.

동산선사

중국의 동산선사는 "살아 있을 때는 철저하게 삶에 충실하고 죽을 때는 철저하게 죽음에 충실하라."고 가르쳤다. 그가 죽기 전 남긴 말은 다음과 같다.

"이생은 멋진 여행이었다. 다음 생은 어떤 여행이 나를 기다리고 있을까?"

버나드 쇼

이밖에도 많은 묘비명이 있지만 제일 쇼킹한 것은 버나드 쇼(1856~1950)의 묘비명이다. 그는 1950년 사망할 때까지 극작가, 평론가, 사회운동가 등의 폭넓은 활동을 하면서 1925년에 노벨문학상을 받았다. 당시

인기 절정이었던 무용가 '이사도라 덩컨'이 "저와 같이 뛰어난 용모의 여자와 당신처럼 뛰어난 자질의 남자가 결혼해 2세를 낳으면 훌륭한 아기가 태어날 것"이라며 구혼의 편지를 보내오자 버나드 쇼는 "나처럼 못생긴 용모에 당신처럼 멍청한 아기가 태어날 수도 있지 않겠소"라며 거절했다.

이렇게 오만함과 익살스러움으로 명성을 떨쳤던 버나드 쇼는 94세까지 장수하며 자기의 소신대로 살았다. 하지만 그가 남긴 묘비명이 충격적이다.

"내 우물쭈물하다가 이렇게 될 줄 알았다."

그는 동서양에 걸쳐 명성을 떨치고 의미 있는 삶을 살다 간 문인이요, 철학자며 노벨상까지 받은 인물이다. 이런 사람이 자기의 삶을 되돌아보며 우물쭈물했다고 자평한 것이다. 그도 삶의 마지막 순간에 정말 중요한 것을 놓치고 살았다고 후회했을까?

앞으로 남은 시간은 더 빨리 지나갈 것이다. 남은 생은 그렇게 살아갈 수 있도록 노력하는 과정이다. '산은 산이요, 물은 물이로다'의 경지에는 이르지 못하더라도 누군가와 비교하지 않는 나만의 삶, 인생 2막 한 번쯤 되뇌며 성찰하고 생각해 볼 일이다.

다산의 하피첩(霞帔帖)

하피첩(霞帔帖)은 노을빛 치마로 만든 소책자이다.

2005년에 수원의 어느 모텔 주인이 파지를 마당에 내다 놓았는데, 폐품을 모으는 할머니가 지나가다가 파지를 달라고 했다. 모텔 주인은 할머니 수레에 있던 이상한 책에 눈이 갔고, 그는 책과 파지를 맞바꿨다. 그리고는 혹시나 하고 KBS '진품명품'에 내어 놓았다.

김영복 감정위원은 그 책을 보는 순간 덜덜 떨렸다라고 했다. 진품명품 현장에서 감정가 1억 원을 매겼고, 떠돌던 이 보물은 2015년에 서울 옥션 경매에서 7억 5,000만 원에 국립민속박물관에 팔렸다.

하피(霞帔)는 옛날 예복의 하나로 '붉은 노을빛 치마'를 말한다. 다산은 천주교를 믿었다는 죄로 전남 강진으로 귀양을 갔었다. 경기도 남양주시 조안면에 남았던 아내 홍씨는 남편 귀양 10년째 되는 해, 시집올 때 입었던 치마를 그리운 마음을 담아 남편에게 보냈다.

그 치마에 다산이 두 아들에게 주는 당부의 말을 쓰고 책자로 만든 것이 하피첩이다.

다산은 치마의 한 조각에 '매화'와 '새'를 그려서 족자를 만들어 시집가는 딸에게 주었다. 이것이 매조도(梅鳥圖)다. 매조도에 적은 두 글자, 근(勤)과 검(儉)의 뜻은 '좋은 전답이나 비단보다 나은 것이 근검이니 한 평생을 써도 닳지 않을 것이다.'로 근이란 부지런 하라는 말로 무슨 일이든 오늘

할 일을 내일로 미루지 말며, 검이란 옷은 몸을 가리기 위해 입는 것이니 금방 해지는 비단 옷을 입지 말고 한 벌의 옷을 해 입어도 오래오래 가는 베옷을 만들어 입고 겸손하고 성실히 살라는 뜻이다.

세상에서 하늘을 속이는 것이 가장 나쁘고 임금을 속이고 어버이를 속이는 데서부터 농부가 상인을 속이고 상인이 상인을 속이는 데까지 이르면 사람이 죄악에 빠지는 법이다.

다산 부부의 애절했던 사랑을 담고 세상을 떠돌아다니던 하피첩은 국립민속박물관에 자리를 잡았다. 정약용의 위대함은 이루 말할 수 없지만 아내의 노을빛 치마에 기록한 애틋한 사랑은 200년 세월을 넘어 지금도 우리 가슴을 잔잔히 적신다.

하나 지킬 게 있다면 '자기 입뿐이다.'

남에게 사랑받는 8가지 기록이 있다.

① 사람들은 잘난 사람보다 따뜻한 사람을 좋아한다.
② 멋진 사람보다 다정한 사람을 좋아한다.
③ 똑똑한 사람보다 친절한 사람을 좋아한다.
④ 훌륭한 사람보다 편안한 사람을 좋아한다.
⑤ 대단한 사람보다 마음을 읽어주는 사람을 좋아한다.
⑥ 말 잘하는 사람보다 말을 잘 들어주는 사람을 좋아한다.
⑦ 겉모습이 화려한 사람보다 마음 고운 사람을 좋아한다.
⑧ 모든 걸 다 갖추어 부담을 주는 사람보다 조금 부족해도 내 편이 되어주는 진실한 사람을 좋아한다.

모나리자(Mona Lisa)탄생과 연유

모나리자는 '레오나르도 다 빈치'가 그린 그림이다. 다빈치는 일반적으로 화가(畫家)로 알고 있다.

하지만 만능 천재였던 그는 화가 이전에 음악가, 건축가, 기계 공학자, 해부학자, 발명가, 화학자, 물리 실험가이기도 하다.

그의 노트에는 비행기의 날개 모양까지 그려져 있었다고 한다.

다빈치는 신분상 결혼이 불가능한 시절에 태어난 서자(庶子)이다.

다빈치의 주요 작품인 모나리자는 신비한 웃음과 미완성 작품으로 유명한데 그 사유는 아래와 같다. 당시 초상화, 벽화, 성화가 유행할 때 '리자'라는 24살의 여인이 남편과 함께 자신의 초상화를 그려달라고 다빈치를 찾았다.

리자의 아름다움은 다빈치를 감동시켜 승낙하게 된다. 그림에 전력을 다하였으나 리자의 모습에서 살짝 스치는 미소를 어떻게 표현하기가 어려웠던 이유로 진척이 잘되지 않는다.

어느덧 3년이란 세월이 흘러 거의 완성단계에 이르렀으며, 리자는 날마다 같은 시간에 찾아와 그림이 완성되는 것을 보고 즐거워하였다.

어느 날 리자는 서운한 듯 말하였다.

"선생님, 제가 남편을 따라 외국 여행을 하게 되었습니다."

"그래요? 얼마나 걸립니까?"

"석 달 정도 걸린다고 합니다. 전 별로 가고 싶지 않은데 남편이 한사코 가자고 해서."

"함께 가셔야죠. 그림의 끝은 다녀오신 뒤에 마무리하죠. 언제 떠나십니까?"

"오늘 갑니다. 그런데 그림의 제목을 무엇으로 붙이실 겁니까?"

"모나리자라고 할까 합니다."

리자 부인은 부끄러운 듯 미소를 지었다. '모나'란 '마돈나', 즉 성모 마리아라는 의미로 여자를 높임말이다. 아쉽게도 리자는 외국 여행 중 병으로 죽었기 때문에 다시는 돌아오지 못하였다. 그래서 미완성 작품으로 남게 된 것이다.

'모나리자'라고 하는 불세출의 그림은 위와 같은 연유(緣由)를 가지고 있다.

모나리자(MonaLisa) 그림의 여자 이름은 '리자'이다. 'Mrs. Risa'

오늘날 세계에서 가장 비싼 그림은 한 폭에 약 40조 원에 이른다고 한다. 그림 한 장 값이 40조 원이라니, 도대체 그 그림은 어떤 그림이며 어디에 있을까?

그 그림은 프랑스 루브르 박물관(Louvre Museum)에 있는 것으로서 르네상스 시대 때 이탈리아를 대표하는 천재적 미술가, 레오나르도 다빈치(Leonardo da Vinci)가 1503~1506년경 그린 것으로 추정되는 가로53cm×세로77cm짜리 유채(油彩)패널화라 한다.

이 모나리자라는 작품은 프랑스 정부와 루브르 박물관의 소유이므로 경매의 대상은 아니지만, 프랑스 정부는 경제적 가치가 최소 약 2조 3,000억 원에서 최대 약 40조 원 정도 될 것이라고 평가한 바 있다.

최대 40조 원이라는 이 엄청난 가격이 붙은 이유는 2018년 기준 연간 루브르 박물관의 방문객 수가 약 1,000만 명 정도인데, 방문객들의 대부분이 바로 이 모나리자를 보기 위해 루브르 박물관을 찾는다는 것이다.

이 작품이 최후의 만찬 등 다른 역작들을 제치고 레오나르도 다빈치의 대표 작품이 된 가장 큰 이유는 기술적으로도 대단 하지만 다빈치가 죽을 때까지 항상 가지고 있었던 그림이기 때문이라고 한다.

일반인들에게는 그냥 눈썹 없는 여인네에 불과한 이 그림이 도대체 무엇 때문에 세상에서 가장 아름다운 여인이라고 하는지 의문을 갖는 사람들이 많을 것이다.

이 그림의 모델인 리자 게라르디니(Risa Gherardini)는 피렌체의 성공한 사업가 프란체스코 델 조콘다의 부인이었다고 한다. 모나리자라는 단어의 모나(Mona)는 이탈리아어로 Mrs라는 의미이므로 '모나리자는 Mrs. Risa'라는 뜻이 된다.

우리말로 해석하면 '리사 부인'이라는 말이다.

다빈치가 그녀를 그리기 시작한 1503년 게라르디니(Gherardini)가 자식을 잃은 슬픔에 빠져 있었던 직후였다고 한다. 그녀의 남편은 그녀를 미소 짓게 하기 위해 광대와 악사들을 고용했다고 하는데 모나리자의 야릇한 미소는 그렇게 해서 태어났다는 것이다. 그런데 이 그림은 6년이 지나도 완성되지 않았다. 그림이 완성되지 않고 오래 걸리자 다빈치와 그녀 사이가 야릇한 관계라는 소문까지 돌았는데 하지만 다빈치는 동성애자였다고 한다.

루브르 박물관에서 방탄유리로 보호받고 있는 모나리자는 신비한 미소로 특히 유명하다.

2005년 네덜란드 암스테르담대학 연구팀이 인간 감정(感情)을 인식하는 소프트웨어를 통해 '모나리자'를 분석한 결과 이 미소에 인간의 복합적인 감정이 섞여 있다고 발표했다.

입술의 굴곡과 눈가의 주름 등 얼굴 주요 부위의 움직임을 수치화해 분석한 결과 전체 표정의 83%는 행복함, 9%는 불쾌함, 6% 두려움, 3%는 분노 등이 섞여 있는 것으로 판명되었다.

1506년에 완성된 이 그림은 1518년 프랑스 국왕이 구입하여 프랑스의 소유가 되었고, 1789년 프랑스 혁명 후인 1797년에 루브르 박물관(Musée du Louvre)으로 옮겨져 영구 소장하게 되었다.

기네스북(Guinness Book)은 모나리자를 1962년에 보험가격을 1억 달러로 산정한 바 있는데, 이는 세계에서 보험가격이 가장 비싼 그림으로 기록되었다고 한다. 물가 상승률을 감안한 현 시가로는 9억 달러가 되며 한화로는 1조 2천억 원이 넘는다.

모두가 알고 있듯 모나리자 그림에는 눈썹이 없다. 다빈치의 전기작가 조르조 바사리(Georgio Vasari)는 눈썹이 없는 점이 바로 이 그림의 백미라고 극찬한 바 있다. 이탈리아 르네상스의 거장인 라파엘로(Raffaello Sanzio, 1483-1520)는 모나리자의 구성과 형식을 그의 그림에 자주 도입하였는데, 그 이후 500년 동안 모나리자의 구성과 형식은 하나의 장르가 되었으며, 근대에 들어와서도 많은 화가가 이를 원용하였다.

뿐만 아니라 모나리자 그림이 문학, 음악, 영화, 방송, 광고 등 예술과 문화 분야에 미친 영향은 대단하다.

미국의 흑인 가수 '냇 킹 콜'이 부른 "Mona Lisa"는 1950년에 빌보드 차트 1위를 5번 차지하고, 영화 주제가로서 아카데미상을 받았다. 이런 모나리자 그림이 세계에서 제일 비싼 그림으로 평가받고 있는 사실은 우리에게 눈에 보이지 않는 한 가지 사실을 말해주고 있다.

눈썹이 없는 한 가지 흠이 있어서 오히려 그 가치가 높다는 것이다. '페르시아의 흠(Persian flaw)'이라는 말이 있다. 페르시아의 카페트 장인들은 카페트를 만들 때, 눈에 잘 뜨이지 않는 한쪽 구석에 일부러 작은 흠을 하나씩 낸다는 것이다.

인디언들도 구슬 목걸이를 만들 때 흠이 있는 구슬 하나를 일부러 넣는데 그 흠 있는 구슬을 영혼의 구술이라고 한단다. 완벽함은 인간의 본성이 아니다. 흠 없는 사람은 없다.

자연계를 보아도 대형 태풍, 대형 산불, 대형 폭우 같은 자연 재앙이 없는 해가 없다. 자연계도 이처럼 한두 가지 흠결을 지니고 있다.

인간이 되라는 말은 만능의 신이 되라는 말이 아니다. 한두 가지 흠이 있다고 해서 조금도 기죽을 이유가 없다. 기억하시라. 눈썹 없는 모나리자가 증명하고 있듯 개인이든 국가든 최고의 가치는 자신의 특성을 최고로 살리는 데 있다.

지방특산물이 그 지방을 살리는 무기가 되듯 또 나라의 특장점이 나라를 살리는 최고의 무기가 될 것입니다.

받은 글입니다

외모로 판단하지 말라라(勿取以貌)

Don't judge a book its cover

어느 회사의 면접 시험장에서 면접관이 얼굴이 긴 응시자 에게 이런 질문을 했다.

"여보게, 자네는 마치 넋 나간 사람 같은 얼굴을 하고 있는데 얼굴이 무척 길구먼, 자네 혹시 머저리와 바보가 어떻게 다른지 알겠나?"

이 말을 들은 청년이 얼굴을 붉히고 화를 낼 줄 알았다. 그러나 청년은 태연하게 대답했다.

"네, 결례되는 질문을 하는 쪽이 머저리이고, 그런 말에 대답하는 쪽이 바보입니다."

시험 결과 이 청년은 합격되었다.

도산 안창호 선생의 일화

도산 안창호 선생이 배재학당에 입학할 때 미국인 선교사 앞에서 구술시험을 치렀다. 선교사가,

"평양이 여기서 얼마나 되나?"

"800리쯤 됩니다."

"그런데 평양에서 공부하지 않고 왜 먼 서울까지 왔는가?"

그러자 도산이 선교사의 눈을 응시하면서 반문하

133

였다.

"미국은 서울에서 몇 리입니까?"

"8만 리쯤 되지."

"8만리 밖에서 가르쳐 주러 오셨는데 겨우 800리 거리를 찾아오지 못할 이유가 무엇입니까?"

구술시험은 끝났고 도산은 배재학당에 합격했다.

그의 재치, 배짱 그리고 면접관의 심리를 꿰뚫는 지혜가 노련한 선교사들을 감동시킨 것이다.

스탠포드대학의 설립 비화

어느 날 남루한 옷차림의 노부부가 하버드대학교에 기부를 하겠다며 총장을 찾아왔는데, 남루한 옷차림을 본 비서가 순서를 늦추는 바람에 몇 시간이나 기다려서야 겨우 총장을 만날 수 있었다.

총장은 거만한 말투로 귀찮다는 듯이 거드름을 피우며 말했다.

"우리 학교 건물은 1개 동당 750만 달러 이상의 돈이 들어가는 대형 건물입니다. 얼마나 기부하려고요?"

그때 부인이 남편을 향해 고개를 돌리며 말했다.

"여보! 겨우 750만 달러 정도로 건물 한 동을 지을 수 있다면 죽은 아들을 위해 대학교 전체를 통째로 세우고도 남겠네요. 여보, 갑시다."

노부부는 죽은 아들을 위해 유산을 모두 교육 사업에 기부하려고 하버드대학교를 찾았다가 거만한 그들의 태도를 보고 발길을 돌렸다. 그러고는 캘리포니아에 대학을 세웠고, 그렇게 탄생한 대학이 노부부의 성을 딴 스탠포드대학이다.

현재 스탠포드대학은 세계 최고의 일류 대학이 되어 하버드와 경쟁하고 있다.

이런 사연을 뒤늦게 알게 된 하버드대학에서는 학교 정문에 다음과 같은 글귀를 붙여 놓았다고 한다.

Don't judge a book its cover.

서양에서는 사람의 외모를 책의 표지에 비유하면서 '책의 표지가 멋지다고 반드시 그 내용이 좋을 것이라고 판단하지 말라'고 경고한다.

위의 세 가지 일화는 공통으로 '외모로 사람을 판단하지 말라!'는 훈계이다. 이를 '물취이모'라 한다.

백낙청과 김지하

"윤석열 몰아내라" 지령 내린 백낙청

(김용삼 대기자 / 팬앤드마이크 대기자)

'탄핵은 과정이 복잡하고 자칫 잘못하면 실패 위험성, 민중의 힘으로 몰아내는 것이 최선'

#. 친일파 집안의 수재 아들 백낙청

백낙청은 서울대 영문과 명예교수다. 경기중고를 졸업하고 미국 유학을 떠나 브라운대에서 학사, 하버드대에서 석·박사를 취득했다. 한국의 전형적인 엘리트 코스를 밟아왔으니 서울대 영문과 교수로 임용되어 이곳에서 청춘을 바친 것은 어쩌면 당연한 수순이었을 것이다.

그의 부친 백봉제는 일제 시절 교토제국대학 법학부를 졸업하고 일본 고등문관시험 사법과·행정과에 차례로 합격했다. 요즘으로 치면 행정고시와 사법고시를 모두 합격한 셈이다. 뛰어난 수재였으니 조선총독부의 요직을 섭렵했고, 전남도 내무부 사회과장 재직 와중에 해방되었다.

그의 학력보다 더 중요한 것은 사상·이념이다. 백낙

청은 유학을 마치고 귀국하여 서울대 전임강사 시절이
던 1966년 1월 문예잡지 〈창작과비평〉 창간호를 발
간한다. 이것이 문단뿐만 아니라 한국 사회 좌경화에
한 획을 그은 창작과비평(창비) 출판사의 태동이다. 창
비를 창간하여 민중문학을 전파하고, 이를 통해 문단
권력 장악에 성공한 백낙청 교수. 창간호에서 백낙청
은, "순수문학은 지배계급의 오락과 실리에 이바지하
는 도구"라고 선언했다. 분단 현실을 극복하고 서민의
고통을 대변하며, 부조리한 세상을 변혁하는 것이 문
학과 지식인의 소명이라고 외쳤다. 또, 문인은 시대를
이끄는 지식인이요, 문학은 민중의 현실을 보듬는 손
길이라고 주장했다.

　1970년대 들어 창비는 유신 체제에 맞선 '저항의
본산'이요, 자칭 타칭 '민주화의 성지'로 꼽혔다. 창비
는 리영희의 〈8억인과의 대화〉 같은 판금도서를 발간
하여 좌파적 권위와 영향력을 키워나갔다. 창비를 통
해 반미 의식을 퍼뜨렸고, 좌파세력에 선전의 장을 제
공했다. 덕분에 한국 문단을 장악하는 데 성공, 백낙
청은 한국 좌파의 숨은 신(神), 철옹성의 문화 권력자,
한국 사회 좌경화의 원점(原點)으로 부상했다. 그는
1969년 '시민문학론', 1974년 '민족문학이념의 신전개'
라는 글을 통해 민족문학론을 주창했다. 그의 주장을

한 마디로 압축 요약하면 음풍농월, 탐미적 문학을 폐기처분하고 민중성·운동성을 강렬하게 발산하는 작품이 주류가 되어야 한다는 뜻이다. 나아가 남북 어느 한쪽의 국민문학이 아니라 민족 전체가 공유할 수 있는 문학이어야 한다는 뜻이다. 남과 북이 적대하는 상태에서 민족 전체가 공유하는 문학이 가능할까? 그것이 가능하려면 자유민주적 기본질서 하에서 순수 문학을 탐미하는 행위를 포기해야만 한다. 왜냐. 북한의 문학은 수령과 주체를 절대가치로 숭앙하고 개인의 생각 따위는 집단을 위해 희생시켜야 하는 전체주의 문학관만이 존재가치를 인정받기 때문이다.

한편에선 자유주의적 순수문학을 추구하던 서정주·김동리·황순원·백철(평론가) 등을 밀어내고 민족·민중 지향의 문인들을 대대적으로 추켜올렸다. 백낙청은 자신이 발행하는 창비를 통해 성 추문으로 얼룩졌던 고은을 민중문학계의 대표 주자로 띄웠다. 문인들의 증언에 의하면 고은은 탐미주의적 성향의 허무주의 문인이었다. 그러던 어느 날 자신의 성 추문이 폭로되어 지탄받을 상황이 되자 느닷없이 저항시인으로 돌변했다고 한다. 백낙청은 고은의 음습한 과거를 은폐하고 미당 서정주, 김수영보다 더 뛰어난 대한민국의 민족 시인이자 우리 문학사의 우뚝한 존재로 붕붕 띄웠다.

그 화려한 피날레가 고은의 15년 연속 노벨문학상 후보 논란이다. 뿐만 아니라 표절 작가로 낙인찍힌 신경숙을 열심히 옹호하여 그를 사지(死地)에서 구출해 내는 데 성공했다.

#. 김지하의 백낙청 비판

창비가 문단 권력 장악에 성공하면서 민족·민중문화운동의 불길이 전 예술 분야로 번져나갔다. 문학이 지나친 이념에 빠지면 무슨 일이 일어나는지는 1930년대 카프 문학가들이 냉철한 고백을 남긴 바 있다. 카프(조선 프롤레타리아 예술가동맹) 회원으로 활동하던 박영희가 "얻은 것은 이데올로기요, 잃은 것은 예술이다"라는 뼈아픈 고백을 상기하시기 바란다. 백낙청식 민중문학이 판을 치면서 문단에서 문학은 사라지고 생경한 이데올로기만 남아 황폐화의 길을 걷게 된다. 이렇게 되자 저항시인 김지하가 백낙청을 강력 비판하고 나섰다. 조선일보에 '한류-르네상스 가로막는 쑥부쟁이'라는 제목으로 발표한 칼럼(2012년 12월 4일)에서 김지하는 다음과 같이 백낙청을 난타했다.

"백낙청은 한국 문학의 전통에 전혀 무식하다. 그저 그런 시기에 '창비'라는 잡지를 장악해 전통적인 민족문학 발표를 독점했을 뿐 그는 한류-르네상스의 핵심인 시(詩) 낭송의 기본조차 전혀 모른 채 북한 깡통들의 '신파조'를 제일로 떠받들고 있다.

백낙청은 우선 정치관부터 바로 세워라. 내가 '깡통 빨갱이'라고 매도하지 않는 것만도 다행으로 알라!"

김지하가 백낙청을 정면 비판한 조선일보 칼럼.

#. 좌익 진영의 사령탑, 백낙청

백낙청은 문단과 예술계 권력 장악을 토대로 정치에도 깊이 개입한다. 그 결과 좌파 진영에선 자타가 공인하는 원탁회의 좌장, 좌익의 사령탑이라는 비공식 직함을 얻었다. 2005년에는 6·15 공동선언실천 남측위원회 위원장을 맡아 연방제 통일을 이루기 위해 맹활약했고, 2010년 서울시 교육감 선거 때는 좌파 진영 후보 단일화에 적극 개입, 곽노현 당선의 일등공신 역할을 했다.

(김용삼 대기자 dragon0033@hanmail.net)

종교와 예술

이 상 열

모든 종교는 예술을 창조한다.

세상에는 다양한 종류의 종교가 있고, 그 종교들은 그 나름대로의 예술로 꾸며져 있다. 고래로부터 종교와 예술은 불가분의 밀접한 관계를 가지고 있으며 유구한 역사를 이어오고 있다.

흔히 종교와 예술은 밀접한 관계가 없는 것처럼 생각하지만 예술은 종교로부터 이루어지지 않으면 진정한 예술의 존재도 의미도 없다.

불교의 불상과 가톨릭의 성모상은 조각, 사찰 벽에 그린 탱화와 칠성탱화, 가톨릭 성당의 다양한 성화가 미술적 예술이고 성당과 교회에서 부르는 찬송가는 음악 예술이다.

그리고 절에서 불공을 드리며 절하는 것이나 성당에서 드리는 미사, 교회에서 행하는 예배는 모두 행위 예술이라 할 수 있다.

특히 프로테스탄트 기독교 예술은 예수로부터의 사상을 드러나지 않고서는 종교로서의 가치를 상실하게 될 우려가 크다.

종교 예술을 떠난 인류가 남긴 문화유산이라고 생각하는 모든 예술은 종교로부터 형성된 것들이었다. 또 인류는 거기서부터 새로운 삶을 추구해 왔다. 인류에게 큰 발자취를 남긴 유물이 기독교 문화라고 해도 과언이 아니다.

기독교 예술의 근간이 되는 사상의 중심에는 성서가 받치고 있다. 성서는 하나님의 말씀으로 받아들이지만 책으로서의 성서는 성서기자들에 의해 쓰인 기록 예술이라고 할 수 있다.

교회에서 행하는 예배의식은 일종의 연극 연출행위라고 해도 무리는 아니라고 생각한다. 일부 기독교인들은 예술이 어떻게 성서를 대신할 수 있겠느냐고 반박한다. 그것은 우리가 수세기 동안 하나님 앞에 행하는 거룩한 것으로만 생각해 왔고 그것이 일종의 예술행위라는 관점에서 보지 않았고 그렇게 생각해 왔기 때문에 현대에 있어 우리 기독교의 예술이란 세속적인 것이라고 생각하다.

시편이나 찬송만으로도 하나님을 찬양하는데 조금도 부족함이 없다고 여겼고 그런 고정관념이 예술과 문화라는 측면을 도외시하게 된 연유라고 할 수 있다.

그래서 아직도 많은 기독교인들은 예술이 기독교에

미치는 영향에 대하여는 무관심한 상태다. 성서 그 자체가 예술이라는 것도 받아들이지 못하고 있다. 이러한 문제를 고찰해보고자 한다.

인간의 최대 관심사는 생사에 관한 궁극적 의미를 찾았고, 삶에 대한 의문은 종교를 낳게 되었다. 그래서 인간은 종교에 관해서라면 비상한 관심을 쏟는다. 그만큼 인간의 삶과 종교는 밀접한 관계가 있기 때문이다. 그러나 어떻게 예술과 종교가 깊이 관련해 있는가에 대해서는 관심이 없는 편이다.

종교와 예술은 별개의 것이고, 서로 양립하여 있을 뿐 영원히 합일 될 수 없는 것으로 생각한다. 그런가 하면 예술의 영역에서도 기독교 예술이라는 그 자체마저도 도외시하려 하고, 우리가 일반적으로 일컫는 예술과도 전혀 다른, 즉 종교의 부산물 정도로 취급하려고 한다.

그런 외중에서 기독교 예술인들은 의중을 잃지 않고 종교적 의미를 심미적으로 표현하고자 노력하고 있다.

예배인도자는 보다 훌륭한 설교를 하고 싶어 하고 미술, 조각, 음악에 조예가 깊은 성도들은 교회를 더욱 아름답게 꾸미고 싶어 한다. 그 심리가 성경적이고 모두 기독교 예술적 발로이다.

최초 인간의 심적 표현은 종교에서 비롯되고 있다. 이러한 심적 표현이 마침내 예술이라는 패러다임으로 형성되고 새로운 미학으로 발전할 수 있는 계기를 이루고 있다.

미학은 기원전 5세기까지의 그리스도인들의 건축과 조각, 시와 연극 등의 표현형식에서 보여주고 있다. 그래서 미학은 그리스에서 시작되었다고 보며 특히 그들의 '시적 세계에의 창성(創成)'은 미학의 시작이라고 보기도 한다.

미학(Aesthetik)이라는 말은 철학의 한 갈래로 바움가르텐(A.G.Baumgarten,1714-62)에 의해 새로운 학문으로 등장하기 시작했다.

그는 '시에 관한 몇몇 철학적 성창'(Meditationis Phlosophicae denonnullis de poema pertinentibus)(1737년)에서 이를 처음으로 나타내고 있었다.

여하간 미학과 예술은 궁극적으로 '미(美)'에 관한 것이기는 하지만, 미학은 미적 영역 안에서 계시되는 철학적 물음들을 해결하고, 그러한 개념들을 분석하는 학문을 말한다. 그런데 예술은 '표현'이 바로 그것이라고 할 수 있다.

모든 미적 대상은 반드시 미학에만 있는 것은 아니다. 어디까지나 예술이 우리들 삶에 어떠한 역할을 담당하고 있는가에 있다.

인간의 표현 방식 ①

예술의 시원은 그것이 자연적인, 아니면 초자연적인 힘의 위대함을 재현해 내려는 인간의 노력으로 어떤 종교적 의식과 제식에서 시작되고 있다.

그리고 이러한 의식은 무용, 춤, 노래 등을 동반하게 되었으며 그것은 현대적인 연출은 아니지만 어떤 형식을 갖춘 것으로 어느 측면에서는 예술(드라마) 그것이기도 했다. 그러니까 예술(연극)은 인류의 역사와 더불어 시작된 것이라고, 또 그러한 예술은 바로 인간의 내면적 표현의 갈등을 표현한 것이기도 했다.

최초의 심적 갈등은 자연 안에서의 '혼자서기'에 있었다. '홀로서기'란 그들의 고독성을 말하며 이 고독성 속에서의 외침은 인간이란 자연 안에서의 혼자라는 것을 넘어 새로운 세계를 바라보게 하였다. 그 힘은 예술로 표현되기 시작했다.

예술이 종교와 밀접한 관계를 가질 수 있었던 것도 바로 그러한 관계 때문이었고, 나아가서 인간의 정신적 열망과 통찰력을 나타낼 수 있었기 때문이었다.

특히, 종교는 예술을 필요로 했다고 본다. 그것은 예술이 현실적이고, 추상적이며 그리고 신비한 세계까지도 파고 들어갈 수 있고, 인간의 창조성과 모든 경험을 융합시킬 수 있는 유일한 행위의 표현이었기 때문이기도 하다.

최초의 인간은 언어의 규정이 없었기 때문에 상호 원만한 의사 소통이 불가능했다. 그러나 완전히 불가능했던 것은 아니었다.

자연으로부터의 자기보호와 방어의 수단은 인간 초유의 바디랭귀지, 즉 동작 표현으로 해결했다고 볼 수 있다. 비록 언어적 매체는 구사하지 못했지만 그러한 표현 동작은 언어의 매개 표현과 유사한 것이었다. 그들의 세계를 표현하기에는 그것만으로도 충분했다.

동물에서 보듯이 동물들은 언어가 없지만 서로의 의사를 소통하고 있다. 인간처럼 동물이 언어 매체를 가지고 있지 않다고 해서 그들이 의사 소통을 할 수 없다고 한다면 동물들은 그 나름의 공동체를 형성할 수 없을 것이다.

동물들은 언어라는 매체가 없어도 그들의 의사를 전달하고 그들만의 공동체를 형성하고 살아간다. 따라서 최초의 우리 인간도 서로 의사를 전달하기 위해 동물적 행위의 표현, 즉 몸짓이나 손짓 등에 크게 의존했을 것으로 생각된다.

자연 숭배의 행위를 학술적으로 정의한다면 그것이 바로 행위예술이라 할 수 있다. 이렇게 해서 시작된 예술이 그 범위와 깊이를 더해 가면서 자연과 경쟁할 것을 시도하지도 않았다는 것과, 또 예술이라는 것이 자연현상의 표현에 집착하기는 했지만, 그 자체의 깊이, 그 자신의 힘을 가지고 있었다는 괴테의 말에 귀를 기울일 필요가 있을 것 같다.

그것은 이 표현적 현상 속에 합법성의 성적, 조화적 비례의 완전, 미의 극치, 의미의 중요성, 열정의 높이를 인지함으로써 이 표현적 현상들의 최고 계기를 결정화한다고 괴테는 보고 있기 때문인데 기독교는 하나님이라는 주변국들의 우상숭배에 대상이 되는 신들과는 다른 신으로부터의 계시에 의해서 인간의 행위가 결정된 초현실세계로부터 인간의 고독성에서 시작되고 있다. 그리고 그들의 표현 방식은 하나님으로부터 계시에 의한 로고스(logos), 즉 하나님의 말씀으로 시작되었다.

이상열

* 「수필문학」 등단, 저서 『기독교와 예술』 외 다수, 한국문인협회 회원, 바기오예술신학대학교 총장 역임, 한국문화예술대상, 환경문학상, 현대미술문화상 외, 극단 '생명' 대표/상임 연출, 로빈나문화마을 대표

조선 최고의 관원 오성과 한음

최 강 일

선조와 광해조에 걸쳐 명재상으로 나라에 크게 공헌한 문신으로 문과급제 동기생인 백사 이항복과 한음 이덕형, 이 두 사람은 조선시대의 임진왜란과 정유재란과 광해시대의 난정을 슬기롭게 극복하고 진충보국한 외교가요 정치가였다.

백사 이항복은 임진왜란 7년 전쟁동안 병조판서를 5회나 역임하고 제찰사를 2회 역임하고 영의정에 오른다.

한음 이덕형은 병조판서 2회, 제찰사 2회, 훈련도감제조도 2회를 역임하고 영의정을 3회나 맡아서 일했다.

이항복과 이덕형은 서애 류성룡과 함께 조선 역사상 3인의 문장치신의 위치에 있던 인물로 국가적 위기를 극복하는데 그 역량을 십분 발휘했다.

백사 이항복은 경주 이씨로 고려 명재상 익제 이제현의 방손이고, 한음 이덕형은 광주 이씨로 조선역사상 최연소 홍문관 대제학과 최연소 정승에 올랐던 인물이었다.

이항복은 9세 때 부친이 사망하고, 16세 때 모친마저 사망하는 불운을 겪었다. 18세 때 모친상을 벗은 그는 율곡의 문하로 들어가 학문에 열중했고, 19세 때 권율 장군의 딸과 결혼하고, 20세 때 진사시에 합격한다. 25세에 과거에 급제하여 승정원 부정자로 벼슬길에 오른다. 이어 홍문관 직제학으로 승차 후 승정원 동부승지로 발탁된다. 그 후 호조 참의가 되어 호조 판서 윤두수를 보필한다. 이어서 임금의 비서실인 도승지가 된다.

이덕형은 17세 때 당시 영의정 이산해의 차녀와 혼인하고, 18세 때 진사생원에 오른다. 20세 때 장원에 올라 조정에 나아가 승정원에서 벼슬을 시작한다. 홍문관 직제학을 거쳐 통정대부, 승정원 우승지, 사간원 대사간에 발탁된다.

1590년 3월, 조선의 통신사 일행이 일본의 정황을 살피러 일본으로 떠나게 된다. 서인의 황윤길을 정사로 삼고, 동인의 김성일을 부사로, 동인의 허성을 종사관으로 파견한다. 정사 황윤길은 일본이 침략의 계획이 있어 보인다고 보고하나, 부사인 동인 김성일은 일본의 침략 기미가 없다고 상반되는 허위보고를 한다. 선조는 부사의 말을 믿고 아무런 대책을 세우지 않고 있다가 임진왜란이란 처절한 국난을 겪게 된 것이다.

임진왜란의 전쟁 상황을 간단히 요약하면 다음과 같다.

1592년 4월 13일 일본이 25만 명의 대군을 동원하여 조선침략전쟁인 임진왜란을 일으킨다. 조선은 병력, 무기, 장수들이 태부족이라 속수무책으로 패퇴할 수밖에 없었다. 신립장군에 충주 탄금대에서 맞서지만, 조총으로 무장한 왜군에게 패하여 전사하고 만다. 결국 선조는 한양을 버리고 4월 30일에 몽진길에 오른다. 임금이 궁궐을 버리고 피난길에 올랐다는 소식에 성난 백성들은 공사노비들의 문서를 찾아 불지르고 궁궐에 방화까지하는 사태가 발생했다.

도승지 이항복 등이 선조의 몽진길에 동참하게 되고 병조판서로 임명된다. 전쟁책임을 물어 영상 이산해와 좌의정 유성룡을 퇴임시킨다.

1592년 5월 3일에 왜적들이 한양에 진입하여 종묘, 궁권 등을 방화하고 문화재를 보는 대로 약탈하기 시작한다. 몽진 중인 어가는 평양성이 왜군에게 함락되자 의주로 향해 몽진길 2개월을 맞는다. 이덕형을 요동으로 보내 명나라에 구원병을 요청하게 한다. 한편 곽재우, 조헌, 고경명 등이 의병을 일으켜 왜군과 맞

서고 이순신장군은 수군통제사가 되어 제해권을 장악해 왜군의 진입을 막아낸다.

명나라 이여송 제독이 5만 병사를 이끌고 조선에 당도하여 평양성을 탈환하게 된다. 이덕형은 한성판윤이 되어 군량미 마련과 말먹이를 공급하느라 애를 쓰게 되고, 권율장군이 행주산성에서 승기를 잡지만 명나라 이여송은 적극적으로 대처하지 않고 개성으로 회군하고 만다. 명군은 북병의 이여송 제독과 남병의 송경락 간의 알력으로 전투는 하지 않고 군량미만 축내고 있었다.

임진왜란 중 중요한 전투였던 진주성 전투는 2회에 걸쳐 엄청난 인명 손실을 보게 된다. 1차 진주성 전투에서는 진주목사 김시민의 병사들과 곽재우 의병대장의 지원으로 왜군 3만여 명을 패퇴시켰지만 김시민은 몇 달 후 순국했다. 2차 진주성전투는 1593에 벌어졌다. 성내 수천 명의 병사들과 6만여 명의 백성들은 왜적 5만 명에게 성이 함락되어 군관민 6만여 명이 학살되는 엄청난 비극이 발생했다. 촉석루에서 논개가 적장을 끌어안고 남강에 투신한 것도 이때의 일이었다.

이덕형이 외아들로 모친상을 당하자 이항복은 후임 병조판서로 제수된다. 훈련도감 일에 열중하던 이덕형이 다시 병조판서가 되면서 이항복은 이조판서로 자리를 옮긴다. 이와 같이 이항복과 이덕형은 서로 자리를 바꿔가며 난세를 헤쳐가는 소임을 다했다.

임지왜란 3년 만에 전쟁이 소강상태가 되자 명군은 조선에서 철수한다. 그러나 일본과 조선의 화의가 깨지자, 도요토미는 1597년에 다시 14만 대군으로 다시 조선을 침략한다. 정유재란이 발발한 것이다. 이때 왜적의 수장은 첩자를 시켜 이순신을 모함하여 원균으로 하여금 조정에 상소하게 하여 이순신 장군은 조정에 불려가 국문을 당하며 고초를 겪다가 이원익 대감의 노력으로 풀려나 권율장군 휘하에서 백의종군하는 사태가 발생한다. 그러나 조정에서는 정황이 다급해지자 이순신 장군을 다시 3군 수군통제사로 삼아 전선을 수습하게 하여 명량전투에서 크게 이겨 다시 조선이 제해권을 장악하게 된다.

정유재란 동안 병조판서 이항복은 군량미 조달 및 명군과 왜군의 정보를 수집하고 종합 분석하여 적절히 대처했다. 왜적은 지나가는 곳마다 잔인하고 포악한 짓을 마구 저지르며 약탈을 자행했다. 왜병이 돌아가려는 정보를 알게된 이순신장군은 대책을 세워 퇴각하는 왜군의 퇴로를 봉쇄하며 공격하자 왜장은 겨우 죽음을 면하고 도망쳤다.

일본에서 도요토미가 사망하자 왜군이 철수하면서 7년을 끌던 임진왜란도 종지부를 찍었다.

이항복은 광해군시절 억울한 처지에 빠진 인목대비를 지키려다 간신들의 주청으로 북청으로 귀양을 가게 되고, 그곳에서 별세하자 고향 포천에서 영면에 들었다. 39년간 조정에서 일하다 63세에 운명한 것이었다.

이덕형은 도체찰사로 남도에 내려가 인심의 동향을 수시로 선조에게 보고하며 끝까지 조정을 위해 일했다. 겸손하고 도량이 넓고 강직하면서도 절제된 생활을 하다가 53세로 일생을 마쳤다.

유정 사명대사 :

임진왜란 때 의병을 모집하여 스승 휴정 서산대사 휘하에서 승군을 이끌고 평양성 탈환에 큰 공을 세웠다. 조정에서는 왜란 후 사명대사를 일본에 보내 일본정세를 살피게 하고, 선조의 국서를 도쿠가와에게 전하고 조선포로들 전원을 돌려달라고 요구하여 3500여 명을 이끌고 귀국한다. 이리하여 일본과 화의를 맺고 통신사 파견을 시작하게 되었다.

징비록

임진왜란 당시 영상의 자리에 있던 류성룡이 지은 야사로 임진왜란 같은 일이 일어나지 않도록 하기 위해 지난 일을 경계하여 후환을 막자는 의미로 저술한 책이다. 전쟁전의 조선과 일본의 관계, 조선관군의 붕괴, 의병의 봉기, 한산도 대첩 등 본인이 겪으며 체험한 사실들을 되돌아보며 후손들에게 알려주어야 할 사항들을 수필형식으로 기록한 글이다. 1604년에 쓰고 1647년 경 책으로 발간되었고 1695년에 일본에서도 책으로 발간되었다. 임진 전란사의 연구에 귀중한 사료로 평가되고 있다. 16권 7책의 목판본

최강일

「한국크리스천문학」 수필등단, 한국크리스천문학가 협회 회원, 고려대학교 영어영문학과 졸업, 남강 고등학교 교사로 정년퇴임, 옥조근정훈장 대통령

우주 비밀과 숫자의 신비

1. 숫자의 이루어짐

$1 \times 8 + 1 = 9$

$12 \times 8 + 2 = 98$

$123 \times 8 + 3 = 987$

$1234 \times 8 + 4 = 9876$

$12345 \times 8 + 5 = 98765$

$123456 \times 8 + 6 = 987654$

$1234567 \times 8 + 7 = 9876543$

$12345678 \times 8 + 8 = 98765432$

$123456789 \times 8 + 9 = 987654321$

$1 \times 9 + 2 = 11$

$12 \times 9 + 3 = 111$

$123 \times 9 + 4 = 1111$

$1234 \times 9 + 5 = 11111$

$12345 \times 9 + 6 = 111111$

$123456 \times 9 + 7 = 1111111$

$1234567 \times 9 + 8 = 11111111$

$12345678 \times 9 + 9 = 111111111$

$123456789 \times 9 + 10 = 1111111111$

$$9 \times 9 + 7 = 88$$
$$98 \times 9 + 6 = 888$$
$$987 \times 9 + 5 = 8888$$
$$9876 \times 9 + 4 = 88888$$
$$98765 \times 9 + 3 = 888888$$
$$987654 \times 9 + 2 = 8888888$$
$$9876543 \times 9 + 1 = 88888888$$
$$98765432 \times 9 + 0 = 888888888$$

$$1 \times 1 = 1$$
$$11 \times 11 = 121$$
$$111 \times 111 = 12321$$
$$1111 \times 1111 = 1234321$$
$$11111 \times 11111 = 123454321$$
$$111111 \times 111111 = 12345654321$$
$$1111111 \times 1111111 = 1234567654321$$
$$11111111 \times 11111111 = 123456787654321$$
$$111111111 \times 111111111 = 12345678987654321$$

2. 신기하고 신비한 수

1부터 9까지 숫자 중 8을 빼고 곱하는 상대수를 9의 배수로 한 경우 같은 숫자가 나옴

$12345679 \times 9 = 111, 111, 111$

$12345679 \times 18 = 222, 222, 222$

$12345679 \times 27 = 333, 333, 333$

$12345679 \times 36 = 444, 444, 444$

$12345679 \times 45 = 555, 555, 555$

$12345679 \times 54 = 666, 666, 666$

$12345679 \times 63 = 777, 777, 777$

$12345679 \times 72 = 888, 888, 888$

$12345679 \times 81 = 999, 999, 999$

3. 세상에서 가장 신비한 수 142857

142857에 1부터 6까지 차례로 곱한 수

$142857 \times 1 = 142857$

$142857 \times 2 = 285714$

$142857 \times 3 = 428571$

$142857 \times 4 = 571428$

$142857 \times 5 = 714285$

$142857 \times 6 = 857142$

신기한 점은 똑같은 숫자 6개가 자릿수만 바뀜

4. 142857에 7을 곱한 숫자

$142857 \times 7 = 999999$

$142857 \div 2 + 142 + 857 = 999$

$14 + 28 + 57 \div 2 + 142 + 857 = 999$

$142857 \times 142857 = 20408122449$

20408122449를 2로 나누어

$20408 + 122449 = 142857$로 돌아옴

5. 숫자 7의 신비

우리는 수학적 용어로만 사용하는 숫자 중에 '7'이라는 숫자에 관심을 갖는다. 왜 그럴까 근거를 풀기 위해 많은 학자들이 연구했지만 21세기, 최첨단 사업이 발전한 지금도 정답은 못 구한다. 여러 근거가 많은데 정리해 보면.

1) 동물의 정신, 육체, 혼으로 이루어진 '3'이 지구의 수인 '4(물, 불, 바람, 흙)합쳐져 '7'이 되기 때문에 인간은 육체, 욕망, 느낌, 정의, 이상, 자아, 개성 등 7이 된다는 주장. 중세 대학에서는 문법, 논리, 수사, 산수, 기하, 음악, 천문의 '7'개 학예를 가르쳤고.

2) 고대의 그리스인들은 하늘에 '7'개의 별들이 있음을 발견.

3) 우주에서 태양이 가장 큰 별이고 그 다음은 달인데 달은 '7'일마다 광채가 변함.

4) 아라비아인들에겐 '7'개의 성스런 사원이 있었고, 페르시아의 미스터리 중에 문학가를 지망하는 사람들이 통과해야 하는 '7'개의 거대한 동굴이 있었음.

5) 로마신화에는 힘이나 아름다움을 가진 '7'개의 신이 나오는데 그들의 이름이 오늘날 우리가 쓰는 요일이 됨.

6) 솔로몬 왕이 건축한 '7'계단이 있는 성전은 '7'년이 걸렸고, 성전완공 축제도 7일간 계속되었음.

7) 아담의 '7'대손인 라멕은 777세를 누렸음.

8) '7'은 완전수로 하나님의 안식을 의미하기도 함.

9) 불교에도 극락은 일곱 천계로 되어 있음.

10) 성불을 위해서는 '7'가지 종교 품행이 요구됨.

11) 석가는 '7'년 구도와 보리수나무 7바퀴를 돔.

12) 일본에서도 복을 주는 '7'신이 있음.

13) 가톨릭 미사가 '7'단계로 드려지듯 주문이 효과를 보려면 7번 되풀이해야 하는 것으로 여겨졌고, '7'가지 성사로 세례, 성체, 견진, 고해, 병자, 성품, 혼인성사가 있음. 또한 성령의 일곱 가지 은혜(성령칠은) 경외심·용기·의견·지식·지혜·통달·효경이 있음.

성모님이 겪은 7가지 고통

 ① 시메온이 아기 예수를 보면서 마리아가 예
  리한 칼에 찔리듯 마음이 아플 것이라고
  예언한 일
 ② 헤로데의 눈을 피해 온갖 고생을 하며 이집
  트로 피난 간 일
 ③ 파스카 축제를 지내러 예루살렘에 갔다가
  소년 예수를 잃어버린 일
 ④ 십자가를 지고 가는 예수를 본 고통
 ⑤ 예수가 십자가상에서 숨 거둠을 본 고통
 ⑥ 예수의 시신을 십자가에서 내린 고통
 ⑦ 아들 예수를 무덤에 묻은 고통

14) 중국에서는 제사도 '7'일 단위로 '7'번 지냄.
15) 우리나라의 49제(7×7)도 7과 관련이 있음.
16) 인도의 태양신은 '7'마리 말을 갖고 있다고 함.
17) 로마가 '7'개의 언덕 위에 세워진 것도 로마인
  들이 '7'을 성스러운 수로 생각했기 때문임.
18) 비 온 후 무지개가 '7'가지 색깔로 이루어짐.
19) 북두칠성을 이루는 별들은 모두 '7'개임.

사람들은 7이라는 숫자를 행운의 숫자로 신성시함.

제1안 : 동화작가보다 동심문학가로!

> 어른이 되어서도 어린이의 감수성과 동심을 잃지 말자. 동화는 어린이만 위하여 쓰는 것이 아니라 아이의 마음을 가진 사람들이 읽도록 쓰인 것이다.(오스카와일드)

동화작가라고 하면 어린애 수준을 못 벗어난 아이 같다는 인상을 줍니다. 동심을 가진 작가라는 이미지를 주는 장르 호칭을 동심작가로 쓰기를 제안합니다.(동심문학가 심광일)

제2안 : 일본 오아시스처럼 우리도 '안고실미도'라고 하면?

일본에서는 '오아시스'라는 인사말 앞 4개 어두문자를 기초 예절어로 씁니다. 우리도 '안고실미도'라는 5개 어두문자로 틀을 잡아 보았습니다. 더 좋은 아이디어를 구합니다.

안 안녕하세요?

고 고맙습니다.

실 실례합니다.

미 미안합니다.

도 도와드릴까요?(일본보다 친절봉사심 더함:발행인 제안)
****

오 오하요우 고자이마스 / 아침, 안녕하세요?

아 아리가또우 고자이마스 / 감사합니다.

시 시쯔레이 시마스 / 실례합니다.

스 스미마셍 / 죄송합니다.

* 제1안 제안에 의사표시를 해주시면 고맙겠습니다.

* 제2안의 어두문자를 일본보다 월등한 아이디어 제안을 청합니다.

많이 쓰이는 외래어

이 경 택

가스라이팅(gaslighting)=뛰어난 설득을 통해 타인 마음에 스스로 의심을 불러일으키고 현실감과 판단력을 잃게 만듦으로써 그 사람에게 지배력을 행사하는 것

갈라쇼(gala show)=어떤 것을 기념하거나 축하하기 위해 여는 공연

갤러리(gallery)=미술품을 진열, 전시하고 판매하는 장소, 또는 골프 경기장에서 경기를 구경하는 사람

거버넌스(governance)=민관협력 관리, 통치

걸 크러쉬(girl crush)=여성이 같은 여성의 매력에 빠져 동경하는 현상

그라데이션(gradation)=하나의 색상을 다른 색상으로 점차 변화시키는 효과, 색의 계층

그래피티(graffiti)=길거리 그림, 길거리의 벽에 붓이나 스프레이 페인트를 이용해 그리는 그림

그랜드슬램(grand slam)=테니스, 골프에서 한 선수가 한 해에 4대 큰 주요 경기에서 모두 우승하는 것. 야구에서 타자가 만루 홈런을 치는 것

그루밍(grooming)=화장, 털손질, 손톱 손질 등 몸을 치장하는 행위.

글로벌 쏘싱(global sourcing)= 세계적으로 싼 부품을

조합하여 생산단가 절약

내레이션(naration) =해설

내비게이션(navigation) =① (선박, 항공기의)조종, 항해
② 오늘날(자동차 지도 정보 용어로 쓰임) ③ 인터넷
용어로 여러 사이트를 돌아다닌다는 의미로도 쓰임

노멀 크러쉬(nomal crush) =평범하고 소박한 것이 행복
하다고 느끼는 정서

노블레스 오블리주(noblesse oblige) =지도층 인사들에
게 요구되는 도덕적 의무

노스탤지어(nostalgia) =지난 시절에 대한 그리움이나 향
수(鄕愁)

뉴트로(new+retro)〉〉 newtro =새로움과 복고의 합성어
로 새롭게 유행하는 복고풍 현상

님비(NIMBY. not in my backyard) 현상=지역 이기주
의 현상(혐오시설 기피 등)

더치페이(dutch pay) =비용을 각자 부담하는 것을 이르는 말

더티 플레이(dirty play) =속임수 따위를 부리며 정정당당
하지 못한 태도로 행동하는 것

데모 데이(demo day) =시연회 날

데이터베이스(data base) =정보 집합체, 컴퓨터에서 신
속한 탐색과 검색을 위해 특별히 조직된 정보 집합체,
여러 사람에 의해 공유되어 사용될 목적으로 통합하여
관리되는 자료 집합

데자뷰(deja vu) : 처음 경험 임에도 불구하고 이미 본 적
이 있거나 경험한 적이 있다는 이상한 느낌이나 환상.
프랑스어로 "이미 보았다"는 뜻.

도그마(dogma) =독단적인 신념이나 학설, 이성적인 비판이 허용되지 않는 교리, 교조, 교의 등을 통틀어 이르는 말

도어스테핑(doorstepping) =(기자 등의) 출근길 문답, 호별 방문

도파민(dopamine) = 중추신경계에 존재하는 신경전달물질의 일종으로 의욕, 행복, 기억, 인지, 운동 조절 등 뇌에 다방면으로 관여함

도플갱어(doppelganger) =자신과 똑같이 생긴 사람이나 동물, 즉 분신이나 복제품

드라이브 스루(drive through) =주차하지 않고도 손님이 상품을 사들이도록 하는 사업적인 서비스로서 자동차에서 내리지 않은 상태로 서비스를 받을 수 있는 운영 방식

디자인 비엔날레(design biennale) =국제 미술전

디지털치매 =디지털 기기에 지나치게 의존하여 기억력이나 계산력이 크게 떨어진 상태를 일컫는 말

딥 페이크(deep fake) =인공지능 기술을 이용해 특정 인물의 얼굴 등을 특정 영상에 합성한 편집물, 주로 가짜 동영상을 말함

딩크 족(DINK, Double Income No Kids 의 약어) =정상적인 부부 생활을 영위하면서 의도적으로 자녀를 두지 않는 맞벌이 부부를 일컫는 말

라이브 커머스(live commerce) =실시간 방송 판매

랜덤(random) =무작위(의), 무계획적인/보통 어떤 사건이 규칙이 보이지 않고 무작위로 발생한다는 것

랩소디(rhapsody)=광시곡, 자유롭고 관능적인 악곡 형식(주로 기악곡)

레알(real)=진짜, 또는 정말이라는 뜻. 리얼을 재미있게 표현한 것

레트로(retro)=과거의 제도, 유행, 풍습으로 돌아가거나 따라 하려는 것을 통칭하여 이르는 말

레퍼토리(repertory)=들려줄 수 있는 이야깃거리나 보여줄 수 있는 장기, 상연 목록, 연주 곡목

로드맵(roadmap)=방향 제시도, 앞으로의 스케줄, 도로지도

로밍(roaming)=계약하지 않은 통신 회사의 통신 서비스도 받을 수 있는 것. 국제통화기능(자동로밍가능 휴대폰 출시)체계

루저(loser)=패자, 모든 면에서 부족하여 어디에 가든 대접을 못 받는 사람

리셋(reset)=초기 상태로 되돌리는 일

리얼리티(reality)=현실. 리얼리티 예능에서 쓰이는 경우, 어떠한 인위적인 각본으로 짜여진 것이 아닌 실제 상황이나 인물들을 중심으로 이뤄지는 예능을 말함

리플=리플라이(reply)의 준말. 댓글 · 답변 · 의견

마스터플랜(masterplan)=종합계획, 기본계획

마일리지(mileage)=주행거리, 고객은 이용 실적에 따라 점수를 획득하는데 누적된 점수는 화폐의 기능을 한다

마조히스트(masochist)=성적으로 학대를 당하고 쾌감을 느끼는 사람

매니페스터(manifester)= 감정, 태도, 특질을 분명하고 명백하게 하는 사람(것)

매니페스토(manifesto)운동＝선거 공약검증운동

머그샷(mugshot)＝경찰에 체포된 범인을 식별하기 위해 촬영한 사진

메리트(merit)＝장점, 이점, 가치, 자격/가치가 있다

메시지(message)＝무엇을 알리기 위해 보내는 말이나 글

메타(meta)＝더 높은, 초월한 뜻의 그리스어

메타버스(metaverse)＝현실세계와 같은 사회·경제·문화 활동이 이뤄지는 3차원 가상세계를 말함

메타포(metaphor)＝행동, 개념, 물체 등의 특성과는 다른 무관한 말로 대체하여 간접적, 암시적으로 나타내는 은유법, 비유법으로 직유와 대조되는 암유 표현.

멘붕＝멘탈(mental)의 붕괴. 정신과 마음이 무너져 내림

멘탈(mental)＝생각이나 판단하는 정신. 또는 정신세계.

멘토(mentor)＝현명하고 신뢰할 수 있는 상대이며 스승 혹은 인생 길잡이 역할을 하는 사람

모니터링(monitoring)＝감시, 관찰, 방송국, 신문사, 기업 등으로부터 의뢰받은 방송 프로그램, 신문 기사, 제품 등에 대해 의견을 제출하는 일

미션(mission)＝사명, 임무

바운스(bounce)＝튀다, 튀어 오름, 반동력, 탄력 의미

버블(bubble)＝거품

벤치마킹(benchmarking)＝타인의 제품이나 조직의 특징을 비교 분석하여 그 장점을 보고 배우는 경영 전략 기법

벤틀리(Bentley)＝영국의 최고급 수공 자동차 제조사 혹은 이 회사 만든 차량

보이콧(boycott)=어떤 일을 공동으로 받아들이지 않고 물리치는 일. 불매동맹, 비매동맹

브랜드(brand)=사업자가 자기 상품에 대하여, 경쟁업체의 것과 구별하기 위하여 사용하는 기호·문자·도형 따위의 일정한 표지

브런치(Breakfast+Lunch)=아침 겸 점심으로 먹는 밥을 속되게 이르는 말. 어울참

블랙 컨슈머(black consumer)=악덕 소비자.구매한 상품을 문제 삼아 피해를 본 것처럼 꾸며 악의적 민원을 제기하거나 보상을 요구하는 소비자

비주얼(visual)='시각적인'이라는 뜻. 한국에서는 사람의 외모를 가리키는 말로도 많이 쓰이는데, 가령 특정 집단에 속한 사람에게 '비주얼 담당'이라 하면 그중에 가장 외모가 뛰어나다는 뜻

빈티지(vintage)=① 포도가 풍작인 해에 유명한 양조원에서 양질의 포도로 만든 고급 포도주

② 오래 되고도 값진 것.특정한 연대에 만든 것

사디스트(sadist)=가학성애자. 성적 대상에게 육체적, 정신적 고통을 줌으로써 성적 쾌락을 얻는 사람

사보타주(sabotage)=태업을 벌임. 노동쟁위, 의도적으로 일을 게을리 하여 사주에게 손해를 주는 방법

사이코패스(psychopath)=태어날 때부터 감정을 관장하는 뇌 영역이 처음부터 발달하지 않은 반사회적 성격장애와 품행장애를 가진 사람들을 지칭하는 데 주로 사용

세미(semi)=절반(切半), '어느 정도의', '~에 준(準)하는'의 뜻

센세이션(sensation) =(자극을 받아서 느끼게 되는) 느낌, 많은 사람을 흥분시키거나 물의를 일으키는 것.

소셜 미디어(social media) =누리 소통 매체, 생각이나 의견을 표현하거나 공유하기 위해 사용하는 개방화된 인터넷상의 내용이나 매체

소셜 커머스(social commerce) =공동 할인구매. 소셜네트워크서비스(SNS)를 이용한 전자 상거래의 일종.

소프트(soft) =부드러운

소프트파워(soft power) =문화적 영향력

솔루션(solution) =해답, 해결책, 해결방안, 용액

쇼핑몰(shopping mall) =여러 가지 물건을 한번에 살 수 있도록 상점이 모여있는 곳

스미싱(smishing) =문자메시지로 낚는다는 의미로 스마트폰으로 개인정보를 빼내서 범죄에 이용하는 것

스펙터클(spectacle) =(굉장한) 구경거리, 광경, 장관

스태그플레이션(stagflation) =경제 불황 속에서 물가상승이 동시에 발생하고 있는 상태

시놉시스(synopsis) =영화나 드라마의 간단한 줄거리나 개요. 주제, 기획의도, 줄거리, 등장인물, 배경 설명

시뮬레이션(simulation) =영화어떤 장치나 시스템의 동작이나 작용을 다른 장치를 이용해서 모의실험으로 알아보고 그 특성을 파악하는 것

시스템(system) =필요한 기능을 실현하기 위하여 관련 요소를 어떤 법칙에 따라 조합한 집합체.

시즌오프(season off) =철 지난 상품을 싸게 파는 일

시크리트(secret)＝비밀

시트콤(sitcom)＝시추에이션 코메디(situation comedy) 약자, 분위기가 가볍고, 웃긴 요소를 극대화한 연속극

시프트(shift)＝교대, 전환, 변화

싱글(single)＝한 개, 단일, 한 사람

아노미(anomie)＝불안·자기 상실감·무력감 등에서 볼 수 있는 부적응 현상. 사회의 동요·해체에서 생기는 개인의 행동·욕구의 무규제 상태

아웃쏘싱(outsourcing)＝자체의 인력, 설비, 부품 등을 이용해 비용 절감과 효율성 증대를 목적으로 외부 용역이나 부품으로 대체하는 것

아웃렛(outlet)＝백화점 등에서 팔고 남은 옷, 구두 등 패션 용품을 할인하여 판매하는 장소

아이쇼핑(eye shopping)＝눈으로만 사고 싶은 물건들을 둘러보는 일

아이템(item)＝항목, 품목, 종목

아젠다(agenda)＝의제, 협의사항, 의사일정

알레고리(allegory)＝유사성을 적절히 암시하면서 주제를 나타내는 수사법. 즉 풍자하거나 의인화해서 이야기를 전달하는 표현방법

애드 립(ad lib)＝(연극, 영화 등에서) 대본에 없는 대사를 즉흥적으로 만들어내는 것

어택(attack)＝공격(하다), 습격(하다), 발병(하다)

어필(appeal)＝호소(하다), 항소(하다), 관심을 끌다

언박싱(unboxing)＝(상자, 포장물의) 개봉, 개봉기

얼리어답터(early adopter)=남들보다 먼저 신제품을 사서 써 보는 사람

에디터(editor)=편집자

엔터테인먼트(entertainment)=대중을 즐겁게 해주는 연예(코미디, 음악, 토크 쇼 등 오락)

오리지널(original)=복제, 각색의 모조품 등을 만드는 최초의 작품, 근원, 기원.

오티티(OTT, Over-the-top)=인터넷 동영상 서비스, 영화, TV 방영 프로그램 등의 미디어 콘텐츠를 인터넷을 통해 소비자에게 제공하는 서비스

옴부즈(ombuds)=다른 사람의 대리인.(스웨덴어)

옴부즈맨(ombudsman)=정부나 의회에 의해 임명된 관리로, 시민들에 의해 제기된 각종 민원을 수사하고 해결해 주는 사람

와이브로(wireless broadband. 약어는 wibro)= 이동하면서도 초고속 인터넷을 이용할 수 있는 무선 휴대 인터넷의 명칭, 개인 휴대 단말기(다양한 휴대 인터넷 단말을 이용하여 정지 및 이동 중에서도 언제, 어디서나 고속으로 무선 인터넷 접속이 가능한 서비스)

워취(watch)=무언가를 주시하는 것, (휴대용) 시계

유비쿼터스(ubiquitous)=도처에 있는, 사용자가 컴퓨터나 네트워크를 의식하지 않고 장소에 상관없이 자유롭게 네트워크에 접속할 수 있는 환경

이데올로기(ideology)=일반적으로 사람이 인간·자연·사회에 대해 규정짓는 현실적이면서 동시에 이념적인 의식의 형태

인서트(insert) =끼우다, 삽입하다, 삽입 광고

젠트리피케이션(gentrification) =둥지 내몰림, 도심 인근의 낙후지역이 활성화되면서 임대료 상승 등으로 원주민이 밀려나는 현상

징크스(jinx) =재수 없는 일, 불길한 징조의 사람이나 물건, 으레 그렇게 될 수밖에 없는 악운으로 여겨지는 것.

챌린지(challenge) =도전, 도전하다. 도전 잇기, 참여 잇기.

치팅 데이(cheating day) =식단 조절을 하는 동안 정해진 식단을 따르지 않고 자신이 먹고 싶은 음식을 먹는 날

카르텔(cartel) =서로 다른 조직이 공통된 목적을 위해 일시적으로 연합하는 것, 파벌, 패거리

카오스(chaos) =천지 창조 이전의 혼돈(混沌) 상태

카이로스(Kairos) =기회를 잡을 수 있는 결정적 순간, 평생 동안 기억되는 개인적 경험의 시간을 뜻

카트리지(cartridge) =탄약통. 바꿔 끼우기 간편한 작은 용기. 프린터기의 잉크통

커넥션(connection) =연결, 연계, 연관, 접속, 관계

컨설팅(consulting) =전문지식을 가진 사람이 상담이나 자문에 응하는 일

컬렉션(collection) =수집, 집성, 수집품, 소장품

코스프레(cosplay, costume play) =만화나 애니메이션, 게임에 나오는 캐릭터의 의상을 입고 서로 모여서 노는 놀이이자 하위 예술 장르의 일종

콘서트(concert) =연주회

콘셉(concept)＝generalized idea(개념, 관념, 일반적인 생각)

콘텐츠(contents)＝내용, 내용물, 목차. 한국='콘텐츠 貧國'(유무선 통신망을 통해 제공되는 디지털 정보나 내용물의 총칭)

콜렉트콜(collect call)＝수신자 부담. 전화를 받는 사람이 전화요금을 지불하는 방법

콜센터(call center)＝안내 전화 상담실

쿠폰(coupon)＝상품에 붙어있는 우대권 또는 교환권

퀄리티(quality)＝품질, 질, 자질

퀴어(queer)＝ 기묘한, 괴상한 / 성소수자가 스스로를 나타내는 말 가운데 하나

크로스(cross)＝십자가(가로질러) 건너다(서로) 교차하다, 엇갈리다

크리켓(cricket)＝ 공을 배트로 쳐서 득점을 겨루는 방식으로 진행되는 단체 경기. 영연방 지역에서 널리 즐기는 게임

키워드(keyword)＝핵심어, 주요 단어(뜻을 밝히는데 열쇠가 되는 중요하고 핵심이 되는 말)

테이크아웃(takeout)＝음식을 포장해서 판매하는 식당이 아닌 다른 곳에서 먹는 것, 다른 데서 먹을 수 있게 사 가지고 갈 수 있는 음식을 파는 식당

트랜스 젠더(transgender)＝성전환 수술자

틱(tic)＝의도한 것도 아닌데 갑자기, 빠르게, 반복적으로, 비슷한 행동을 하거나 소리를 내는 것

파라다이스(paradise)＝걱정이나 근심 없이 행복을 누릴

수 있는 곳

파이터(fighter)=싸움꾼, 전투원, 전투기

파이팅(fighting)=싸움, 전투, 투지, 응원하며 잘 싸우라
　는 뜻으로 외치는 소리

팔로우(follow)=따라가다, 뒤따르다/ 사회연결망서비스
　상의 한 사람 또는 계정의 사진 글 등을 계속해서 따르
　겠다, 계속 보겠다는 뜻. 유튜브의 ′구독′ 같은 개념.
　블로그에서는 ′이웃추가′ 또는 친구추가와 같은 말

팔로워(follower)=팔로우(follower)를 하는 사람. 추종
　자, 신봉자, 팬 등의 의미. 어떤 사람의 글을 받아보는
　사람

패널(panel)=토론에 참여하여 의견을 말하거나, 방송 프
　로그램에 출연해 사회자의 진행을 돕는 역할을 하는
　사람 또는 그런 집단.

패러독스(paradox)=역설, 옳은 것으로 보이나 이상한 결
　론을 도출하는 주장, 논리적으로 모순을 일으키는 논
　증.

패러다임(paradigm)=생각, 인식의 틀, 특정 영역·시대의
　지배적인 대상 파악 방법 또는 다양한 관념을 서로 연
　관시켜 질서 지우는 체계나 구조를 일컫는 개념. 범례

패러디(parody)=특정 작품의 소재나 문체를 흉내 내어
　익살스럽게 표현하는 수법 또는 그런 작품. 다른 것을
　풍자적으로 모방한 글, 음악, 연극 등

팩트 체크(fact check)=사실 확인

퍼니(funny)=재미있는, 익살맞은, 우스운, 웃기는

퍼머먼트(permanent make-up)=성형 수술, 반영구 화

장:파마(=펌, perm)

포랜식(frensic)=법의학적인, 범죄과학수사의, 법정 재판에 관한.

포럼(forum)=공개 토론회, 공공 광장, 대광장,

푸쉬(push)=(무언가를) 민다, 힘으로 밀어붙이다. 압력

프라임(prime)=최상등급. 주된, 주요한, 기본적인

프랜차이즈(franchise)=특정한 상품이나 서비스를 제공하는 주제자가 일정한 자격을 갖춘 사람에게 일정지역에서의 영업권을 줌.

프레임(frame)=틀, 뼈대 구조

프로테스탄트(protestant)=신교 신봉 교도(16세기 종교 개혁결과로 로마 가톨릭교회에서 떨어져 성립된 종교단체)

프로슈머(prosumer)=생산자이자 소비자인 사람. 기업 제품에 자기의견, 아이디어(소비자 조사해서)를 말해서 개선 또는 소비자가 원하는 제품을 개발토록 직접 또는 간접적으로 참여하는 사람(프로슈머 전성시대)

피드백(feedback)=되알림, 상대방에게 그의 행동 결과에 대한 정보를 제공해 주는 것

피케팅(picketing)=특정 주장을 다른 사람들에게 알리기 위해 그 해당 내용을 적은 널빤지를 들고 있는 행위

피톤치드(phytoncide)=식물이 병원균·해충·곰팡이에 저항하려고 내뿜거나 분비하는 물질. 심폐 기능을 강화시키며 기관지 천식과 폐결핵 치료, 심장 강화에도 도움이 된다고 알려져 있다.

픽쳐(picture)=그림, 사진, 묘사하다

필리버스터(filibuster) = 무제한 토론. 의회 안에서 다수파의 독주 등을 막기 위해 합법적 수단으로 의사 진행을 지연시키는 무제한 토론

하드(hard) = 엄격한, 딱딱함, 얼음과자(아이스 크림데 반대되는)

하드커버(hard cover) = 책 표지가 두꺼운 것(책의 얇은 표지는 소프트 커버)

헌터(hunter) = 사냥꾼

헤드트릭(hat trick) = 축구와 하키에서 한 선수가 한 경기에서 3골 득점하는 것

호모 사피엔스(homo sapiens) = 지혜(슬기)가 있는 사람'이라는 뜻. 사람속(homo)에 속하는 생물 중 현존하는 종만을 가리키는 것으로, 인류의 진화 단계를 몇 가지로 구분하였을 때 가장 진화한 단계임

휴먼니스트(humanist) = 인도주의자

해킹(hacking) = 다른 사람의 컴퓨터 시스템에 무단으로 침입하여 데이터와 프로그램을 없애거나 망치는 일

해커(hacker) = 해킹(hacking)을 하는 사람

국내 최대 성경 박물관

금 반 석

2024년 4월 29일 월요일

비가 오거나 구름이 끼어 흐리다는 일기예보를 걱정하며 설레는 마음으로 잠을 설치고 8시에 친구들과 셋이 4.19공원에서 만나 대림역을 향하여 출근길을 헤쳐 도착하니 일기예보는 빗나가고~

서울을 출발하여 달리는 차에서 친절하고 미남이신 운전기사님의 기분 좋은 안내와 심광일님의 출석 체크 그리고 최강일님의 과학박사다운 해학의 신기한 우주 이야기를 눈을 반짝이며 즐겨 듣노라니 어느덧 화창하고 연녹색 반짝이는 산야가 햇빛에 예쁘게 물든 경기도 곤지암의 아름다운 LG연구소 화담숲 둘레 여러 개의 웅장한 대형건물들이 위용을 자랑하는 히스토리 박물관에 도착.

먼저 은혜로운 예수님 성경 박물관을 울타리글벗마을님들이 삼삼오오 이십 명이 짝을 지어 걸었다. 성경 박물관에 도착 예수님의 거룩한 발자취를 재현한 작품 전시에 탄복, 탄복 감동!!

성경박물관 전경

　예수님의 은혜를 생각하며 성경 신구약 전시관을 둘러볼 때 원용국 관장님의 자상한 해설을 듣고 이어 예배실로 이동하여 원 목사님의 은혜의 말씀과 김영백 목사님의 축도로 예배를 드렸다. 그리고 노아의 방주로 들어가 크기와 규모 이모저모를 보고 다른 기념관 건물을 돌아보고 관람을 마쳤다.

　화담숲을 돌아보기로 했으나 휴관이라 서운한 마음을 접고 이천쌀과 곤지암도자기를 자랑하는 철쭉꽃이 만발한 관광거리를 지나 배연정의 소머리국밥 집으로 이동, 맛깔스런 깍두기와 배추김치, 된장과 풋고추의 식탁에서 비타민C의 여왕이라는 풋고추를 곁들여 매운 고추와 맵지 않은 고추 이야기를 들려주신 송재덕

177

성경박물관에 설치된 모아늬 방주

님과 동화구연가 금반석 아동문학가의 재담에 박장대소하며 즐거운 식사를 했다.

금반석님은 30여 년이 지난 옛 회원 정연웅님을 여기서 만났다고 기뻐하며 이런 기회를 만들어주신 심혁창님께 고맙다는 인사를 하고 귀경 차에 올랐다.

오랜 추억으로 남을 한국유나이트제약주식회사 건립 성경 박물관탐방을 마쳤다.

이 날 관람을 마치고 신인호 시인님께서 남기신 감동의 시를 올린다.

울타리문학 기행

신인호

연둣빛 산과 들의 손짓에
달려나간 울타리 문학기행
설렘에 온 누리가 환하다

카톡 속에서
향기로 오고가던 문우님들
옛 친구 만난 듯 환희였어라

서로 자신을 밝히고
쏟아놓고 싶은
이야기 하많은데
매어놓지 못한 시간은 달아나
눈빛만으로 나눈
해맑은 웃음

이날따라 화담숲은
굳게 침묵으로 흐르고
산 내음만 아쉬움으로 흩어진다

성경박물관에서
신(神)의 발 자취를 찾으니
옛 성지순례의 감동이
신비로 가득하네

창연(愴然)에 취해
잊은 시장기는 되살아
점심은 꿀맛

사진 화면에 담긴 최목사님의
멋이 담긴 기행영상
인생의 밭에 추억의 기념비

푸르름으로 흠뻑 젖은 우린
바쁜 일상에 모처럼 함께
숨겨논 무지갯빛 행복

문우님들!
건강 건필 하소서

* 금반석님의 글을 통해 4월 29일 곤지암 성경박물관을 다녀온 울타리회원님들의 면면을 되돌아볼 수 있는 기행문 감명 깊게 읽고 옮겼습니다. (편집자)

서체로 본 성어

이 병 희

剪草除根(전초제근)

剪-가위 전 草-풀 초

除-덜 제 根-뿌리 근

① 뿌리째 뽑아버리다
② 송두리째 잎에 버리다
③ 철저하게 근절하다

口是禍之門舌是斬身刀
閑深藏舌安斗處字

錄愼言牌 甲辰南谷

ㅈ

樽俎折衝
준 조 절 충
주석에서 온화한 외교로 유리하게 일을 맺음.　樽俎折冲

衆寡不敵
중 과 부 적
적은 수로써 많은 수를 대적함.　众寡不敌

衆口難防
중 구 난 방
여러 사람의 말을 이루 막기 어려움.　众口难防

中傷謀略
중 상 모 략
터무니없는 말로 헐뜯거나 남을 해치려고 속임수를 써서 일을 꾸밈.　中伤谋略

中石沒鏃
중 석 몰 촉
쏜 화살이 돌에 박힘. 정신을 집중해서 전력을 다하면 어떤 일도 성공할 수 있음.
中石没镞

中原逐鹿
중 원 축 록
중원[天下]의 사슴[帝位]을 쫓는다. 왕위를 놓고 전권을 다툼.　中原逐鹿

衆人環視 중 인 환 시	뭇 사람들이 둘러싸고 봄. 众人环视
櫛風沐雨 즐 풍 목 우	바람으로 머리를 빗고 비로 낮을 씻는다. 객지에서 온갖 풍상을 겪으며 고생함. 栉风沐雨
至公無私 지 공 무 사	매우 공평하여 개인의 이익이 없음. 至公无私
指東指西 지 동 지 서	엉뚱한 것을 가지고 왈가왈부함. 指东指西
指鹿爲馬 지 록 위 마	사슴을 말이라고 우김. 위압으로 남을 짓눌러 그릇된 일을 가지고 속여서 남을 궁지에 빠뜨림. 指鹿为马
支離滅裂 지 리 멸 렬	이리저리 흩어져 갈피를 잡을 수 없음. 支离灭裂

智謀雄略 지 모 웅 략	슬기로운 계책과 웅대한 계략. 智謀雄略
至誠感天 지 성 감 천	지극한 정성에 하늘이 감동함. 至诚感天
智小謀大 지 소 모 대	꾸며 놓은 일을 행할 능력이 없음. 智小谋大
池魚籠鳥 지 어 롱 조	자유롭지 못함을 이르는 말. 池鱼笼鸟
池魚之殃 지 어 지 앙	뜻밖의 화를 당함. 池鱼之殃
指天射魚 지 천 사 어	하늘에서 고기를 잡겠다고 쏘다. 불가능한 일을 하려고 함. 指天射鱼
咫尺之間 지 척 지 간	매우 가까운 거리. 咫尺之间

| 知彼知己 | 상대를 알고 내 사정을 앎. |
| 지 피 지 기 | 知彼知己 |

| 知行一致 | 앎과 행함이 일치함. |
| 지 행 일 치 | 知行一致 |

| 指呼之間 | 손짓하여 부를 만큼 가까운 |
| 지 호 지 간 | 사이. 指呼之間 |

| 直情經行 | 자기 뜻대로 행함. |
| 직 정 경 행 | 直情经行 |

| 盡善盡美 | 착하고 아름답기가 완전함. |
| 진 선 진 미 | 尽善尽美 |

| 秦伯嫁女 | 형식만 갖춘 잘못 간 시집. |
| 진 백 가 녀 | 외모에 아무리 장식을 해도 내용의 재덕이 없으면 아무 쓸모가 없음. 秦伯嫁女 |

| 珍羞盛饌 | 맛있는 음식을 풍성히 차림. |
| 진 수 성 찬 | 珍羞盛饌 |

震天動地
진 천 동 지
하늘이 진동하고 땅이 흔들릴 만큼 대단한 위엄.

震天动地

進退兩難
진 퇴 양 난
앞으로 나아가기도, 뒤로 물러나기도 어려움. 进退两难

進退維谷
진 퇴 유 곡
꼼짝할 수 없이 궁지에 빠짐.

进退维谷

質疑應答
질 의 응 답
의심나는 점을 묻고, 물음에 대답함.

质疑应答

嫉逐排斥
질 축 배 척
시기하고 미워하며 물리침.

嫉逐排斥

疾風勁草
질 풍 경 초
큰 폭풍에도 흔들리지 않는 풀처럼 매우 어려운 일을 당해도 뜻이 흔들리지 않음. 疾风劲草

執熱不濯
집 열 불 탁
뜨거운 물건을 집어도 물로 씻지 않음. 고생을 하지 않으면 큰일을 할 수 없음. 执热不濯

ㅊ

且問且答 차 문 차 답	한편으로 묻고 한편으로 대답함. 且问且答

此日彼日 차 일 피 일	이 핑계 저 핑계로 기한 날짜를 미룸. 此日彼日

借廳入室 차 청 입 실	대청을 빌려 있다가 차츰 안방으로 들어온다는 뜻. 처음에는 남에게 의지하고 있다가 차차 남의 권리를 침범함의 비유. 借厅入室

借廳借閨 차 청 차 규	마루를 빌리다가 방으로 들어오다. 남에게 의지하다가 그 권리를 침범함. 借厅借闺

鑿飮耕食 착 음 경 식	우물을 파서 마시며 밭을 갈아먹고 산다. 천하가 태평하고 생활이 안락함. 凿饮耕食

贊反兩論 찬 반 양 론	찬성과 반대의 두 이론. 贊反两论

滄桑之變 창 상 지 변	뽕나무밭이 가라앉아 호수가 된 물에 빠지듯 큰 변화가 있 음. 沧桑之变

滄海一粟 창 해 일 속	큰 바다에 좁쌀 한 톨. 광대 한 것 속의 극히 작은 것(인간) 을 비유 沧海一粟

天高馬肥 천 고 마 비	하늘이 높고 말이 살찐다는 뜻으로 가을철을 일컬음. 天高马肥

千慮一失 천 려 일 실	천 번 생각에도 한 번 실수가 있음. 千虑一失

天方地軸 천 방 지 축	매우 급해서 허둥거림. 어리 석은 사람이 갈 바를 몰라 갈 팡질팡함. 天方地轴

중국간자 (5)

수	输	輸=나를 수	输送/运输/输入
	寿	壽=목숨 수	献寿/长寿/万寿
	树	樹=나무 수	植树/树种/树林
	帅	帥=장수 수	将帅/统帅
	谁	誰=누구 수	谁何
	兽	獸=짐승 수	猛兽/禽兽/野兽
숙	肃	肅=엄숙 숙	肃然/严肃/静肃
술	术	術=꾀 술	施术/技术/术策
	述	述=지을 술	陈述/论述/敍述
승	胜	勝=이길 승	胜利/完胜/胜败
	绳	繩=줄 승	自绳自缚
식	识	識=알 식	知识/面识/识字
슬	虱	蝨=이 슬	
습	习	習=익힐 습	学习/习惯/练习
	湿	濕=축축할 습	湿气/湿度/温湿
	袭	襲=엄습할 습	袭击/被袭/夜袭
아	亚	亞=버금 아	亚细亚
	儿	兒=아이 아	儿童/弃儿/男儿
	饿	餓=주릴 아	饿死/饥饿/饿鬼
악	恶	惡=악할 악	恶党/恶魔/恶毒
	垩	堊=백토 악	白垩
애	爱	愛=사랑 애	爱情/爱慕/殉爱
알	阏	閼=가로막을 알	
	轧	軋=삐걱거릴 알	轧轹
	谒	謁=아뢸 알	谒见/拜谒
압	压	壓=누를 압	抑压/镇压/压力

석	释	釋=풀 석	解释/释迦
선	线	線=줄 선	电线/外线/线上
	选	選=가릴 선	选择/选别/选举
설	设	設=베풀 설	设备/设定/设置
섬	纤	纖=가늘 섬	纤维/纤细/纤柔
	闪	閃=번쩍 섬	闪光/化纤
	赡	贍=넉넉 섬	华赡
섭	摄	攝=당길 섭	摄取/摄生
성	圣	聖=성스러울 성	圣经/圣诞/圣灵
	声	聲=소리 성	音声/叹声/和声
	诚	誠=정성 성	精诚/诚意/诚心
세	势	勢=시세 세	势力/权势/姿势
	岁	歲=해 세	岁月/岁拜/岁暮
	赁	貰=세낼 세	赁房/专赁/赁贷赁
소	苏	蘇=차조기 소	苏联/耶苏
	扫	掃=쓸 소	清扫/扫除/扫灭
속	属	屬=엮을 속	所属/族属/系属
	续	續=이을 속	继续/连续/航续
	赎	贖=바칠 속	救赎/赎罪
	谡	謖=일어날 속	泣斩马谡
손	孙	孫=손자 손	子孙/曾孙/玄孙
	损	損=덜 손	损害/损失/毁损
	逊	遜=겸손 손	谦逊/逊辞
	荪	蓀=향풀 이름 손	
송	讼	訟=송사 송	诉讼/讼事/就讼
	诵	誦=욀 송	暗诵

울타리 보급 후원 멤버

이상열　박영률　이용덕
강갑수　박주연　이정숙
권종태　박찬숙　이주형
김광일　박　하　이진호
김대열　방병석　이채원
김명배　배상현　이택주
김무숙　배정향　임성길
김복희　백근기　임준택
김상빈　성용애　임충빈
김상진　손경영　전형진
김연수　신건자　전홍구
김성수　신영옥　정경혜
김소엽　신외숙　정기영
김순덕　신인호　정두모
김순찬　심광일　정석현
김순희　심만기　정연웅
김승래　심은실　정태광
김어영　안승준　조성호
김예희　엄기원　주현주
김영배　오연수　진명숙
김영백　유영자　최강일
김예희　이계자　최신재
김정원　이동원　최용학
김홍성　이병희　최원현
남창희　이상귀　최의상
남춘길　이상인　최창근
맹숙영　이상진　표민석
민은기　이석문　한명희
박경자　이선규　한평화
박영애　이소연　허윤정

스마트 북 ⑩
복숭아 울타리
발행에
후원하신 분들

권명순	30,000
서경범	50,000
김소엽	100,000
김어영	30,000
김영배	30,000
배상연	15,000
심만기	50,000
심은실	30,000
이계자	51,000
이동원	30,000
이상열	200,000
이상인	50,000
이소연	100,000
이은석	30,000
전형진	13,000
정두모	100,000
정태광	40,000
최강일	40,000
최원현	100,000
한명희	50,000
한평화	15,000
황화진	50,000